novum pro

Linda Weis

Vom Baum, der ein Junge war

novum pro

Bibliografische Information
der Deutschen Nationalbibliothek:

Die Deutsche Nationalbibliothek
verzeichnet diese Publikation in
der Deutschen Nationalbibliografie.
Detaillierte bibliografische Daten
sind im Internet über
http://www.d-nb.de abrufbar.

ISBN 978-3-99064-042-5
Lektorat: Stine Berg
Umschlagfoto: Linda Weis
Umschlaggestaltung, Layout & Satz:
novum Verlag
Innenabbildungen: S. 134

Gedruckt in der Europäischen Union
auf umweltfreundlichem, chlor- und
säurefrei gebleichtem Papier.

www.novumverlag.com

Für meinen Vater

Dieses Baumes Blatt, der von Osten
Meinem Garten anvertraut,
Gibt geheimen Sinn zu kosten,
Wie's den Wissenden erbaut.

Ist es *ein* lebendig Wesen,
Das sich in sich selbst getrennt?
Sind es zwei, die sich erlesen,
Dass man sie als *eines* kennt?

Solche Frage zu erwidern,
Fand ich wohl den rechten Sinn;
Fühlst du nicht an meinen Liedern,
Dass ich eins und doppelt bin?

Johann Wolfgang von Goethe (1749–1832)
Gingo Biloba
West-östlicher Divan, 1814–1819. Buch Suleika

Ich will Ihnen meine Geschichte erzählen, da ich weiß, dass ich es morgen nicht mehr kann. Sie müssen wissen, dass ich im Sterben liege. Ich habe keinerlei körperliche Beschwerden oder gar Schmerzen, dennoch bin ich mir meines baldigen Ablebens gewiss. Sie werden sich nun sicherlich fragen, wie dies möglich ist und ich kann ihre Skepsis verstehen. Jeder, der diese Worte liest, wird sicherlich meine geistige Gesundheit infrage stellen.

Um jedoch begreifen zu können, warum ich mir meines in Kürze eintretenden Todes sicher bin, müssen Sie meine Geschichte kennen. Eine Geschichte, die man durchaus für sonderbar halten kann, dies sehe ich ein. Doch für mich ist sie es nicht. Sie beschreibt lediglich mein Leben, schildert von meinen täglichen Erfahrungen und Begegnungen sowie den Gefühlen, die diese in mir hervorgerufen und mich bis zum jetzigen Zeitpunkt begleitet haben.

Ich sehe, wie sich die Sonne dem Horizont entgegen neigt und den Himmel in blutrotes Licht taucht. Ich spüre wie mein Körper allmählich schwächer wird. Meine Augen werden mit jedem geschriebenen Wort trüber, das Atmen anstrengender, meine Arme schwerer. So bitte ich Sie, lieber Leser, meine Worte nicht mit Argwohn zu hinterfragen, sondern ihre Zweifel für kurze Zeit abzulegen und mir unvoreingenommen sowie mit offenem Geist und Herzen auf meinem manchmal beschwerlichen, dennoch glücklichen Lebensweg zu folgen.

Und somit möchte ich meine Erzählung mit der wunderlichen Begegnung beginnen, mit der alles ihren Anfang nahm.

Meine Mutter lernte meinen Vater im Alter von sechzehn Jahren auf einem Dorffest kennen. Schüchtern stand sie mit ihren zwei besten Freundinnen seitlich an der Tanzfläche und beobachtete die Menschen, die sich dort im Rhythmus der Musik bewegten, sich amüsierten oder sich langsam näherkamen. Mein Vater hielt sich mit zwei seiner Cousins sowie ein paar Kumpels an der Bar auf. Seine Augen waren auf ein junges Mädchen gerichtet, das den Bewegungen der tanzenden Paare mit ihren tiefschwarzen Augen folgte, sich von Zeit zu Zeit nach ihren Freundinnen umsah, um dann wieder ihre Aufmerksamkeit auf die Musik und den dazu passenden menschlichen Bewegungen zu richten. Er war fasziniert von ihr, ihrer zierlichen Gestalt, ihren feinen Gesichtszügen und die Stärke und Leidenschaft, die ihre Augen nicht zu verstecken vermochten und derart im Gegensatz zu ihrer Gesamterscheinung standen. Er musste sie kennenlernen und so nahm er all seinen Mut zusammen, bahnte sich seinen Weg durch die Menschenmenge und lud meine Mutter zum Tanzen ein. Nach kurzem Zögern willigte sie ein, als Paar begaben sie sich auf die Tanzfläche, reichten sich die Hände und ließen sich für die nachfolgenden Minuten geistig wie körperlich auf den anderen ein. Nun spürte auch meine Mutter, wie ihr Interesse an ihrem Tanzpartner wuchs und die Anziehungskraft zwischen beiden immer stärker wurde. Dies sei der Moment gewesen, an dem sich beide sicher waren, nicht nur einen Tanzpartner für jenes Lied gefunden zu haben, sondern ebenfalls den Partner für ihr gesamtes weiteres Leben. So romantisch schilderte es mir jedenfalls meine Mutter im Nachhinein, und nie gab es einen Anlass, dies anzuzweifeln. Sie erzählte mir ebenfalls, dass mein Vater ihr drei Jahre später an einem Frühlingsmorgen einen Heiratsantrag machte. An einem Tag, an dem nach langen dunklen Wintermonaten das erste Mal wieder helle Sonnenstrahlen das junge, grüne Blätterdach der Bäume durchströmten und sich in Form von goldenen Lichtbalken auf dem Boden niederließen. Meine Mutter nahm den Antrag überglücklich an. Sie entschieden erst am Abend des gleichen Tages auf dieses freudige Ereignis anzustoßen, da mein Vater damals jeden Tag zehn Stunden seines Lebens in einer großen, von Neonlicht gefluteten Produktionshalle verbrachte, welche einer Fabrik gehörte, die Plastikteile herstellte. Er verabschiedete sich mit einem langen, leidenschaftlichen Kuss und machte sich auf den Weg in einen neuen Arbeitstag.

Meiner Mutter machte das Verschieben des Feierns auf den Abend nichts aus, doch die Vorfreude auf ihre anstehende Hochzeit ließ sie unruhig werden. Ihre Knie schlackerten, sie wurde zappelig und ihre Wohnung wirkte plötzlich bedrückend eng. Und so legte sie sich ihren Mantel sowie ihren blau glänzenden Seidenschal um und verließ ebenfalls die Wohnung. Das Haus, das sie vor einigen Monaten gemeinsam bezogen hatten, befand sich am Rande eines kleinen Dorfes, nahe der Stadt. Zum Verdruss meiner Mutter besaß es jedoch keinen eigenen Garten. Glücklicherweise war es jedoch von schönen, dichten Wäldern umgeben. Und in diese machte sie sich auf, das Herz voller Hoffnung, den Kopf voller Zukunftspläne …

Der Wald bestand aus einer Vielzahl an Bäumen, doch jener, der meiner Mutter sofort in die Augen stach, war der groß gewachsene Apfelbaum mit seinem breiten Blätterdach, welcher frei inmitten einer hellen Lichtung stand. Weiße Blüten leuchteten unter dem Einfall der Sonnenstrahlen und tauchten den Baum in ein himmlisches Licht. Sie ging auf ihn zu, magisch von ihm angezogen, lehnte sich gegen seinen Stamm und atmete tief ein. Sie spürte, wie die noch kühle Frühlingsluft tief in ihre Lungen strömte und roch den süßlichen Duft, den die Blüten der umherwachsenden Bäume verströmten. Raureif bedeckte Blätter und Gräser, ließen sie silbern in der Sonne glänzen. Feiner Nebel umhüllte die Füße meiner Mutter und schien sie über dem Boden schweben zu lassen. Sie schloss die Augen und versuchte, diesen Moment für immer in sich aufzunehmen, jedes einzelne Rascheln der Blätter, jedes noch so kleine Kribbeln in ihren Händen und Füßen. All diese Empfindungen wollte sie für die Ewigkeit tief in sich festhalten. Erneut füllte sie ihre Lungen mit der frischen Luft ohne zu bemerken, dass sie ein kleines Samenkorn, welches sich genau in dem Moment, in dem sie sich gegen den Baumstamm lehnte, aus einer der weiß schimmernden Blüten gelöst hatte und langsam in Richtung Boden sank, mit einsog.

Sie war einfach nur glücklich und dankbar für jenen beseelten Moment, den sie als den schönsten Augenblick in ihrem Leben in Erinnerung behalten sollte. Mit Ausnahme meiner Geburt, fügte sie dann immer lächelnd hinzu, wenn ich neben ihr saß und gebannt ihren Worten lauschte. Damals ahnte sie jedoch noch nicht, dass jene Sekunden, jenes eingeatmete Samenkorn nicht nur für sie von größter Bedeutung, sondern ebenfalls meinen Lebensweg für immer beeinflussen sollte.

Meine Mutter wollte den Tag, der so schön begonnen hatte, ebenso denkwürdig ausklingen lassen und so hatte sie am Nachmittag edle Nahrungsmittel eingekauft, früh abends zubereitet und, als mein Vater von seinem langen Arbeitstag nach Hause gekehrt war, den hübsch gedeckten Tisch angerichtet. Sie aßen ausgiebig, scherzten, lachten und merkten nicht, wie es draußen immer dunkler wurde und die Nacht hereinbrach. Sie sahen nur die glänzenden und funkelnden Augen des Anderen, spürten nur dessen Haut und Finger, als sie sich über den Tisch die Hände reichten, und die Hitze und den Körper des Anderen, als sie sich nach dem Essen vom Tisch erhoben und sich nach oben in ihr Schlafzimmer begaben. Weitere Details zu jenem Abend bekam ich nicht. Damals, als Kind habe ich dies nie verstanden, heute muss ich lächeln, wenn ich mich an die Versuche meiner Mutter, mich zum Schweigen zu bringen, erinnere.

„Es war einer der schönsten Tage meines Lebens!“, wiederholte sie dann unnachgiebig und bedeutete mir somit, dass ihre Erzählung beendet sei, woraufhin ich mich von meinem Stuhl erhob und auf ihren Schoss kletterte, ihre Körpernähe suchte, um schließlich dort einzuschlafen. Doch was dann mit mir passierte, blieb für jeden meiner Familie ein großes Rätsel und sollte meinen Eltern, aber auch mir eine ganze Reihe an Hürden und Herausforderungen bringen, die es zu überwinden und sich zu stellen galt. Hätte meine Mutter damals gewusst, was sie in sich trug, wäre es ihr wahrscheinlich schon während ihrer Schwangerschaft aufgefallen. Doch so schenkte sie meinen Bewegungen in ihrem Bauch keine besondere Beachtung. Die Tatsache, dass das kleine Wesen in ihrem Inneren nur jeden zweiten Tag zu spüren war, ließ sie nicht aufhorchen. Warum hätte sie sich Gedanken machen sollen? Sie hatte geglaubt, einen ganz normalen Säugling in sich zu tragen, der seine Launen hat und diese nach seinem Willen in ihr auslebt. Dass dem nicht so war, wurde ihr erst viel später bewusst. Und dann wurde ich geboren. Dies war der Punkt in der Erzählung, an dem mein Vater mit den Schilderungen fortfuhr, da meine Mutter jedes Mal von ihren Gefühlen überwältigt wurde. Mein Vater erzählte mir dann, wie er auf seiner Arbeit den Anruf meiner Mutter erhalten hatte, um ihm mit panischer Stimme mitzuteilen, dass ihre Wehen soeben eingesetzt hätten. Er beschrieb mir, wie er mit meiner Mutter ins Krankenhaus gefahren war, wie sie unterwegs wegen überhöhter Geschwindigkeit von einem Polizeibeamten angehalten wurden, der sie jedoch angesichts der Tatsache, dass meine Mutter ihn mit knallrotem und von Schmerz verzerrten Gesicht anschrie, er solle sich zum Teufel scheren, schnell weiterfahren ließ. Er schilderte, wie meine Mutter, endlich im Krankenhaus angekommen, sofort von einer Krankenschwester in den Kreissaal gebracht wurde. Dann beschrieb er, wie er vor der Tür dieses Kreissaals stand, vollkommen verdreckt in seiner Arbeitskluft, und jedem noch so unscheinbaren Geräusch lauschte, das aus dem Zimmer zu ihm drang. Das Zimmer, in dem meine Mutter mich mit aller Kraft aus sich herauspresste, um mich so in diese mir zu diesem Zeitpunkt noch fremde Welt freizugeben. „Bitte schön, hier bringe ich Ihnen ihren Sohn!", habe die Krankenschwester stolz verkündet, als sie mit einem kleinen, in weiße Decken gehüllten Päckchen zu meinem Vater in den Flur trat. Und da war ich, sah meinem Vater das erste Mal in seine dunkelblauen Augen. Dann entdeckte ich seine spitze Nase, seine weißen Zähne, welche mir übermäßig groß erschienen und schrie laut los. Mein Vater lachte und nahm mich in seine Arme, schaukelte mich sanft hin und her und gab mir einen Kuss auf die Stirn. *Es ist nicht so, als könne ich mich selbst an all diese Details erinnern, doch mir wurde diese Szene so oft beschrieben, dass ich heute Schwierigkeiten habe zu bestimmen, an was ich mich selbst erinnern kann und was zu den Überlieferungen gehört. Doch dies stört mich nicht.* Es war ein schöner Moment für alle Beteiligten, und es war der Moment, ab dem ich meine ersten Erfahrungen, gute wie schlechte, in diesem irdischen Leben machen sollte.

Ein kalter Luftzug strich über die Grashalme der Wiese, die an das Grundstück meines Elternhauses grenzte. Fast hätte man den kleinen, grünen Stängel übersehen, doch er war da. Noch ganz klein und zart hatte er es geschafft, die Bodenschicht, die ihn seit mehreren Tagen bedeckt hatte, zu durchbrechen und sich einen Weg ans Tageslicht zu erkämpfen. Das kleine Pflänzchen hatte seinen dünnen Stängel aus dem Boden gestreckt, vorbei an den links und rechts neben ihm wachsenden Grashalmen sowie den weißen Margeriten. Nun spürte er das erste Mal, wie der Wind über seine winzigen, weichen, hellgrünen Blätter strich. Der Lebensbeginn des kleinen Pflänzchens war schwer gewesen. Der Apfel war auf den harten Winterboden der Wiese gefallen. Doch das Samenkorn, das sich in ihm befunden hatte, hatte es geschafft. Es hatte sich seinen Platz zwischen unzähligen Wurzeln benachbarter Gräser und Blumen erkämpft, hatte sich trotz Kälte und Bodenhärte entwickelt und eine der schwersten Etappen seines kurzen Lebens hinter sich gebracht. Es hatte den Weg ans Licht erreicht. Nun würde es überleben, wenn niemand es willentlich zerstören sollte. Die Wiese, auf die das Samenkorn gefallen war, wurde nur selten von Menschen benutzt oder gar von ihnen betreten. So standen seine Überlebenschancen recht gut und das Pflänzchen kämpfte weiterhin tapfer gegen die kalten Winde an.

Die ersten Tage, die meiner Geburt folgten, waren Tage voll freudigen und gegenseitigen Entdeckens- und Kennenlernens. Meine Eltern behüteten mich und sorgten sich hingebungsvoll um mich. Anfangs schlief ich in ihrem Zimmer in einer kleinen Wiege, die mit blauem Samt ausgekleidet war. Und so benötigte es nur einiger Tage, bis meinen Eltern auffiel, dass mit mir etwas nicht stimmen konnte. Meine Mutter mochte später nie genau erklären, wie sie zu dieser Erkenntnis gelangt sind, doch heute kann ich es mir gut vorstellen. Die Besonderheit, die mir eigen war und die sich gleich nach meiner Geburt bemerkbar machte, war nämlich die, dass ich jeden zweiten Tag komplett durchschlief. Mein Vater erzählte mir einmal, dass es eigentlich nicht nach Schlaf aussah, sondern vielmehr nach einer Art komatösem Zustand. Abends legten sie mich ins Bettchen, wo ich meistens noch eine Weile schrie oder einfach vor mich hin brabbelte. Ab Mitternacht wurde ich dann schlagartig still, bewegte mich nicht mehr und reagierte nicht mehr auf mein Umfeld. Mein Puls verlangsamte sich und mein Atem wurde langsam und flach. Anfangs, so beschrieb es mir mein Vater, habe meine Mutter geglaubt, ich sei an plötzlichem Kindstod gestorben. Doch dann, nachdem beide minutenlang in gebeugter Haltung über mich und meinem Bett gewacht hatten, bemerkten sie meinen kleinen Bauch regelmäßig auf- und niedersinken, und sie wussten, dass ich noch lebte. Damals konnten sie noch nicht verstehen, wo meine Seele an jenen Tagen des Tiefschlafs war, an denen ich leblos in meinem Bettchen lag. Gegen Anbruch des darauf folgenden Tages wurde ich dann plötzlich quicklebendig, fing an zu schreien, forderte meine Nahrung und Streicheleinheiten ein.

Nachdem meine Eltern wiederholt Zeuge dieses wunderlichen Vorfalls und des sonderbaren Benehmens ihres kleinen Sprösslings geworden waren, packte mich meine Mutter in dicke

Decken eingewickelt in einen Tragekorb und suchte mit mir einen Kinderarzt auf. Sie schilderte ihm mein ungewöhnliches Verhalten, meinen merkwürdigen Schlafrhythmus. Daraufhin wurden meine Reflexe getestet, ich selbst wurde von Kopf bis Fuß untersucht, gewogen und gemessen. Schließlich erklärte ihr der Arzt, er könne nichts Verdächtiges an mir feststellen, ich besäße alle nötigen Kompetenzen und würde mich großartig entwickeln.

Auf die Frage meiner Mutter hin, was es mit meinen sogenannten ‚Aussetzern' auf sich haben könnte, zuckte dieser lediglich mit den Schultern. „Er ist noch sehr jung, da ist es normal, dass er viel Schlaf braucht. Machen Sie sich keine Sorgen, der Kleine ist rundum gesund!", versuchte er meine Mutter zu beruhigen. Doch jeder, der meine Mutter kannte und auch heute noch kennt, weiß, dass diese Antwort sie nicht zufriedenstellen konnte. Sie wusste jedoch nicht, was sie auf die Diagnose des Arztes hätte entgegnen sollen, und so packte sie mich wieder in die Decke und brachte mich nach Hause. Dies war an einem Tag, an dem ich wach war, und so bekam ich, nachdem ich wieder in meiner gewohnten Umgebung war, mein Fläschchen Milch, die ich mal gierig, mal im Halbschlaf bis auf den letzten Tropfen leerte. Dann wurde ich in meine Wiege gelegt, gut versorgt für meinen bevorstehenden 24-Stunden-Schlaf.

Dem Pflänzchen war kalt, obwohl es mittlerweile Anfang Juni war und die dicken Regenwolken einer wärmenden Sonne gewichen waren. Es war immer noch sehr dürr und zerbrechlich, doch in den letzten Wochen hatte es an einigen Zentimeter zugelegt. Es kam mittlerweile auf die doppelte Größe der benachbarten Grashalme und hatte so einen guten Überblick über die gesamte Grünfläche, die es umgab. Die Wiese, auf welcher das Pflänzchen seinen Lebensraum gefunden hatte, war groß. Dicke Eichen standen dort vereinzelt und warfen lange Schatten auf die heimischen Gräser. Das Pflänzchen sah sehnsüchtig zu ihnen auf. *‚Ich wünschte, ich wäre auch so groß und mächtig wie diese Bäume. Dann bräuchte ich mir keine Gedanken ums Überleben zu machen. Dann hätte ich keine Feinde mehr, sondern könnte sorglos meinen nahrhaften*

Boden genießen. Das Wasser, das mir zu Verfügung steht, könnte ich unbekümmert in meinen Wurzeln speichern und das Leben, mit allem was es mir bietet sowie den Herausforderungen, die es mir stellt, mutig und erhobenen Hauptes annehmen.', dachte es und seufzte. Da spürte es ein sanftes Kribbeln an seinem Stiel und sah an sich herab. Eine winzige Ameise war auf dem Weg zu den kleinen, hellgrünen Blättern des Pflänzchens und krabbelte unentwegt an ihm hinauf. ‚*Was will denn die von mir?*', beäugte das Pflänzchen die Ameise argwöhnisch. Es wusste, dass seine Überlebenschancen nur minimal sein würden, sollte es von anderen Lebewesen angegriffen werden, und so versuchte es, sich von allen und allem fernzuhalten, wen und was es nicht kannte. Es versuchte, die Ameise abzuschütteln, doch es gelang ihm nicht. Plötzlich näherte sich den beiden mit Riesenschritten eine mächtige Gestalt, ein Lebewesen, welches dem Pflänzchen zwar bekannt vor kam, es jedoch nicht gleich einordnen konnte. Es wusste nur, dass die Ameise sowie es selbst sterben würden, sollte dieses riesige Wesen durch sie hindurchstapfen. Die Gestalt näherte sich unaufhaltsam, bei jedem seiner Schritte erzitterten die Blätter des Pflänzchens. Dieses war sich gewiss, dass es nun, nach so kurzer, schwer erkämpfter Existenz, sterben müsse. Auf wunderbare Weise wurde es jedoch nur von dem rechten der beiden Füße, die dieses große Ding zur Fortbewegung benutzte, gestreift. Somit wurde es gleichzeitig von der ihr lästigen Ameise befreit, die durch die Bewegung rückwärts zu Boden gefallen war. Das Pflänzchen beobachtete die große Kreatur, die sich nun von ihm entfernte. ‚*Das könnte ein Mensch gewesen sein …*', dachte es, ohne jedoch zu hinterfragen, woher es den Namen dieses Geschöpfes überhaupt kannte. Es war ein Mensch, das genügte ihm fürs Erste.

Ich wuchs zu einem kleinen, strammen Burschen heran, und an den Tagen, an denen ich wach war, begleitete ich meine Mutter bei ihren Einkäufen im Supermarkt und ihren Spaziergängen im Wald. Diese Tage sind mir als wunderschön und sehr gefühlsintensiv in Erinnerung geblieben, ich war meiner Mutter nah, interessierte mich für sie und sie interessierte sich für mich. Sie nannte mir die Namen der verschiedenen Pflanzenarten, auf die wir im Wald stießen, und erklärte mir deren Herkunft sowie die Heilkräfte, die ihnen zugeschrieben wurden. Sie machte mich auf die verschiedenen Vögel aufmerksam, die auf den Baumkronen saßen und bei unserem Näherkommen hektisch zwitscherten, sowie die Eichhörnchen, die neugierig aus ihren Verstecken lugten. Abends, nachdem mein Vater von seiner Arbeit in der Plastikfabrik nach Hause kam, saßen wir alle versammelt am Küchentisch, aßen und sprachen über unsere Erfahrungen und Begegnungen des Tages. Obwohl ich meinem Vater ansehen konnte, wie müde und erschöpft er war, nahm er sich dennoch immer Zeit für mich und lauschte interessiert meinen Berichten, die ich ihm aufgeregt erzählte. Nach dem Essen schickte meine Mutter mich dann zu Bett, jeweils begleitet von schier unendlichen Verhandlungen. Ich wollte nicht ins Bett, sondern wollte noch etwas in der Wärme und Geborgenheit meiner Eltern vor dem Fernseher sitzen. Doch meine Mutter ließ sich nie erweichen, und so ging ich manchmal mit Tränen in den Augen, manchmal mit Schmollmund zu Bett, in dem ich dann trotz meines Wunsches wach zu bleiben langsam und sanft ins Reich der Träume glitt und für die nächsten 24 Stunden meine physische Hülle verließ, um in das Wesen eines anderen von der Natur geschaffenen Geschöpfes zu schlüpfen.

Mir war dies anfangs gar nicht so recht bewusst. Ich glaubte immer, die Details, an die ich mich nach diesem 24-Stunden-Schlaf erinnern konnte, gehörten nur zu meinen Träumen und wären nicht Teil meiner Realität. Dies war es auch, was ich meiner Mutter erzählte, wenn sie mich am übernächsten Tag fragte, an was ich mich erinnern könnte. Und so, ich hatte gerade meinen vierten Geburtstag gefeiert, suchte sie erneut einen Arzt auf, welcher Spezialist auf dem Gebiet der Schlafstörungen war.

In seinem sterilen Untersuchungszimmer berichtete meine Mutter ihm von meinen komatösen Zuständen, in die ich jede zweite Nacht fiel. Daraufhin musste ich ihm beschreiben, an was ich mich aus diesen Phasen erinnern konnte. Sehr gut konnte ich mich daran erinnern, an jedes winzige Detail, da ich immer an den gleichen Ort zurückkehrte. Nie änderte sich während meinen langen Schlafphasen die Umgebung, in der ich mich dann befand, nie meine Perspektive, aus der ich diese wahrnahm. Ich fand mich jedes Mal an genau dergleichen Stelle wieder, hatte genau denselben Blickwinkel, den ich 24 Stunden zuvor verlassen hatte. Der Arzt war ratlos, schickte mich und meine Mutter jedoch zu einem Psychiater, der mich auf Schizophrenie untersuchen sollte. Meine Mutter wollte jedoch nichts von Geisteskrankheiten hören, und so wurde dieser Termin Woche um Woche, Monat um Monat verschoben. Ich war ihr dankbar dafür, wusste ich doch, dass ich keine Stimmen hörte oder Menschen sah, die es nicht gab. Mir schien es lediglich so, als lebte ich zwei Leben gleichzeitig, als gehörte ich zwei Körpern an, in welchen meine Seele abwechselnd ihr Dasein führte. Ich hatte mich damit abgefunden, fand es sogar überaus interessant und abwechslungsreich. Doch die Probleme, mit denen ich ab diesem Zeitpunkt mein Leben lang konfrontiert werden sollte, ließen nicht lange auf sich warten.

Ich wurde wach. Mich umgab Dunkelheit. Leichte Schleierwolken zogen am Mond vorbei und ließen nur silbern die Umrisse der Umgebung erahnen. Hie und da vernahm ich ein leises Rascheln, doch konnte ich nicht bestimmen, woher dieses kam. Ich betrachtete mich selbst. Mein anfangs so fragiler grüner Stängel war mittlerweile zu einem hübschen bräunlichen kleinen Stamm herangewachsen. Ich war stolz, denn endlich konnte man erkennen, was ich war und was noch aus mir werden sollte. Mittlerweile überragte ich die ringsum wachsenden Blumen um ein gutes Stück. Ich sah zu ihnen hinab und bemerkte, wie sie sich sanft in der leichten nächtlichen Brise hin und her bewegten. Mir konnten diese leichten Windstöße nichts mehr anhaben. Nur meine Blätter folgten dem Spiel dieses Elementes, und ich genoss es. In diesen warmen Augusttagen tat allen eine leichte Brise gut, Menschen, Tieren und Pflanzen.

Meine Wurzeln hatten sich ebenfalls gut entwickelt und reichten in alle Richtungen bis ins tiefe Erdreich. So war meine anfängliche Angst, ich könne während dieser heißen Sommertage vertrocknen, verflogen. Ich vertraute meinen Wurzeln, meinen Adern des Lebens, dass sie mich versorgten und mich am Leben hielten. Erneut spürte ich ein sanftes Kribbeln an meinem Stamm. Wieder kletterte eine kleine Ameise an mir hinauf, und ich sah ihr wohlgefällig dabei zu.

Ich hatte keine Angst mehr vor diesen kleinen Besuchern, denn ich hatte gelernt, dass sie mir nichts anhaben konnten, ebenso wenig wie ich sie hätte in Gefahr bringen können. Ich ließ sie krabbeln, sah ihr dabei zu und lächelte. Vielleicht war es ja die gleiche Ameise wie jene, die damals aufgrund der Begegnung mit dem Menschen so hart zu Boden gefallen war. Hoffentlich hatte sie sich nicht verletzt. Aber seit ich an jenem Platz auf der Wiese stand, hatten schon des Öfteren Ameisen meinen Stamm erklommen und manche waren ebenfalls abgestürzt, doch hatten sie sich, am Boden angekommen, lediglich kurz geschüttelt, um dann sofort einen neuen Weg einzuschlagen.

Es waren wunderbare Wesen, diese kleinen Ameisen, so beweglich und robust, durch nichts von ihrem Ziel abzubringen. Manchmal beneidete ich sie für ihre Beweglichkeit. Ich war zwar viel größer und konnte die gesamte Wiese überblicken, dennoch musste ich immer an genau dem gleichen Ort verweilen. Diese kleinen Ameisen besaßen sechs Beinchen, mit denen sie nach ihrem eigenen Wohlwollen ihre kleine Welt erkunden konnten. *‚War ihre Welt dadurch nicht größer als die meine, obwohl ihre Körpergröße kleiner war?‘*, fragte ich mich oftmals. Eine zufriedenstellende Antwort konnte ich nie finden.

‚Die Wiese überblicken …‘, dachte ich und versuchte, meinen Lebensraum im Mondlicht genauer in Augenschein zu nehmen. Sie war groß, die Grünfläche, auf der ich lebte, und nur ein einziges Haus, das an den Zaun, der uns umgab, grenzte, zeugte hier von der Existenz der Menschen. Die Fenster dieses Hauses standen weit offen, waren hell erleuchtet und von drinnen drangen die Stimmen der Bewohner zu mir herüber. *‚Dort wohnen die Menschen. Sie haben selbst keine Wurzeln, doch um sich zu schützen und Energie zu tanken, ziehen sie sich in diese kleinen Steinbauten zurück. Auch sie können dank ihrer Füße die Welt erkunden. Sie könnten um mich herumlaufen, mich anfassen, ohne dass ich mich dagegen wehren könnte. Aber das werden sie nicht tun. Seit meiner Begegnung mit diesem Menschen hat sich nie mehr ein solches Wesen auf diese Wiese begeben. Warum sollte es auch?‘*

Erneut sah ich an mir herab und erblickte die kleine Ameise, die, den Mund vollgestopft mit kleinen Stückchen meiner Rinde, den Heimweg Richtung Boden angetreten war. *‚Ich biete dieser Ameise Material für ihr Nest, und sie befreit mich von abgestorbener, unnützer Rinde. Ich brauche sie, sie braucht mich …‘*, sinnierte ich, während ich ihr zusah, wie sie mit ihrem kleinen Holzvorrat im Erdreich verschwand. *‚Alles bleibt im Gleichgewicht, solange niemand von außen in diesen Kreislauf eingreift. Als der Mann mich damals gestreift hat, konnte er mich zwar von der mir angsteinflößenden Ameise* *befreien. Dennoch hat er die natürliche Balance gestört, hat die Ameise daran gehindert, ihren Bau zu vervollständigen und mich dadurch auch nicht von dieser überflüssigen Rinde befreit … obwohl ich damals dem Mann dafür dankbar war. Schon verwirrend, dieses Leben …*‘, ging es mir durch den Kopf.

Erneut sah ich mich auf der Wiese um. Langsam erloschen die Lichter des Hauses, das sich in meinem Blickfeld befand. Und auch ich spürte, wie mich die Müdigkeit übermannte und mir meine Blätter mir schwer wurden. Dann fiel ich in eine Art traumlosen Schlaf. Dies nahm ich zumindest an, denn an einen Traum konnte ich mich nachher nicht mehr erinnern. Ebenso wenig bemerkte ich, wie eine Schnecke, die mich ebenfalls erklommen hatte, eine glitschige Schleimspur auf meinen Blättern hinterließ.

So machte ich jeden zweiten Tag meine Erfahrungen und mir so meine Gedanken über die Geschehnisse, die ich auf meiner Wiese beobachtete. An manchen Tagen passierte weniger, an anderen Tagen mehr, doch immer geschah etwas, das mich zum Nachdenken brachte. In jener Zeit habe ich viel gelernt, und heute frage ich mich, ob es nicht während meines Daseins auf dieser Wiese war, in welchem ich mir die wesentlichen Erkenntnisse des Lebens angeeignet habe, und nicht so sehr durch die oft trocken geschriebenen Lehrbücher, die ich zur gleichen Zeit das erste Mal in der Schule zu lesen und deren Inhalt zu lernen hatte.

Mein erster Schultag war für mich, so wie wahrscheinlich für die meisten Kinder, ein sehr einschneidendes Ereignis. Ich kann mich noch erinnern, dass meine Mutter fast ebenso nervös war wie ich, als wir zusammen am Frühstückstisch saßen und sie mir die ersten Pausenbrote meines Lebens schmierte. Noch nie hatte ich ein gemeinsames Mittagessen mit meiner Mutter verpasst, und heute sollte der Tag sein, in dem ich das erste Mal von zu Hause weggehen und mich alleine in die Welt hinauswagen sollte. Hastig zog ich meinen neuen Mantel an, den meine Mutter mir eigens für den Schulbeginn gekauft hatte, und dann fuhren wir gemeinsam hin.

Schon von Weitem konnte ich die riesige Kinderschar erkennen, die sich vor dem großen Schulgebäude mit den in den Fenstern angebrachten gebastelten Schmetterlingen tummelten. herumrannten und spielten. Ich spürte, wie mir ganz flau in der Magengrube wurde und ich am liebsten wieder zusammen mit meiner Mutter nach Hause gefahren wäre. Doch ich wusste, dass ich diese Prüfung zu bestehen hatte, mich anpassen musste und das zu tun hatte, was man von mir verlangte.

So stieg ich mit schweißnassen Händen aus dem Wagen, drückte meine Mutter ganz fest und versuchte, meine Tränen zu unterdrücken. Ich wollte kein Feigling sein und wollte meiner Mutter zeigen, dass sie stolz auf mich sein konnte. Und so löste ich mich aus ihrer Umarmung, drehte mich um und ging in Richtung der lärmenden Kinder. Meine Mutter winkte mir noch einmal zu, doch ich bemerkte es nicht. Ich vermied es, mich noch einmal zu ihr umzudrehen, aus Angst, meinem Impuls, zu ihr zurückzulaufen und bei ihr Schutz zu suchen, nachzugeben.

So ging ich schnurstracks auf das Schulgebäude zu, öffnete das große Tor, das den Schulhof von der Straße trennte, und befand mich inmitten der tobenden Kinderschar. Dass ich mich noch so gut an diese Details erinnern kann, rührt daher, dass es für mich, wie schon erwähnt, ein ganz besonderer Tag war. Doch als schrecklich oder traumatisch, wie er manchmal von Erwachsenen im Nachhinein beschrieben wird, habe ich ihn nie empfunden. Ebenso wenig hatte ich Schwierigkeiten, neue Bekanntschaften zu machen.

Kaum hatte ich den Schulhof betreten, als auch schon ein kleiner Junge auf mich zukam und mich fragte, wie ich denn heiße. Ich sagte es ihm und er nannte mir seinen Namen. Paul hieß er und sollte ab dem Moment für immer mein bester Freund sein. Es war auch Paul, der mir später half, wenn ich bei einer Aufgabe nicht weiterwusste, und es war Paul, den ich bei Prüfungen von mir abschreiben ließ, wenn ihm die Antworten auf die gestellten Fragen nicht einfallen wollten. So halfen wir uns gegenseitig durch die Schulzeit, stärkten den jeweils anderen, wo wir nur konnten, und alberten ebenso viel herum. Doch dann kam der Tag an dem meine Mutter den ersten Anruf von der Schulbehörde erhielt. Es handelte sich um meine Abwesenheit an jedem zweiten Schultag. Man beschuldigte meine Eltern, dass sie sich nicht um mich und um meine Ausbildung kümmerten, und legten ihnen nahe, dass es doch ihre Pflicht sei, mich täglich zur Schule zu bringen. Man drohte ihnen sogar mit dem Jugendamt, doch meine Mutter kämpfte tapfer gegen diese Anschuldigungen an. Wieder einmal fuhren wir zu einem Arzt, der diesmal attestieren sollte, dass ich mich eben jeden zweiten Tag in diesem unerklärlichen komatösen Zustand befand, obwohl weder Entwicklungsverzögerungen noch geistige Beeinträchtigungen festgestellt werden konnten. Diese Bescheinigung sollte reichen, sodass man meine Eltern zukünftig in Ruhe ließ.

Doch auch für mich war es nicht einfach. Die anderen Kinder meiner Klasse, mit Ausnahme meines Freundes Paul, machten sich über mich lustig, warfen mir vor, ich würde immer nur schlafen, wäre faul und würde lediglich nach Entschuldigungen für mein Schulschwänzen suchen. Anfangs trafen mich diese Beschuldigungen hart, doch Paul verstand es jedes Mal, mich wieder aufzumuntern. Er gab mir den Rat mich nicht von den Klassenkameraden aufstacheln zu lassen. Und dennoch schienen meine unerklärlichen Abwesenheiten auch ihn zu beschäftigen, denn eines Tages, an einem Morgen, an dem wir in Algebra unterrichtet wurden und unser Lehrer unermüdlich komplizierte Formeln an die Tafel schrieb, fragte er mich: „Wo warst du gestern?“ Ich wusste nicht, was ich ihm darauf entgegnen sollte. Sollte ich ihm sagen, dass ich mir der Antwort selbst nicht gewiss war, selbst nicht wusste, wo ich gewesen war jedoch noch immer das Bild einer Wiese vor Augen hatte? Dass ich mich lediglich an Schmetterlinge erinnern konnte, die an mir vorbeigeflogen, an kleine Käfer, die an mir entlanggekrabbelt waren?

Doch ich wollte meinen einzigen und besten Freund nicht anlügen, und so entgegnete ich: „Paul … bitte erzähl es niemandem, aber ich glaube, ich bin ein Baum!“ Ich hatte schreckliche Angst, Paul würde sich über mich lustig machen, doch dem war nicht so. Solche Antworten riefen in der für Kinder typischen, eigenen Fantasiewelt nicht etwa Misstrauen oder Belustigung hervor, sondern stießen auf größtes Interesse und ehrliche Neugierde. Nie hatte er den anderen Schülern davon erzählt. Er saß lediglich neben mir und zog über die Lehrer her. Nur ganz selten ertappte ich ihn dabei, wie er mich neugierig von der Seite ansah. Ich spürte, dass er mehr über mich und mein Doppelleben erfahren wollte, doch niemals drängte er mich darüber zu sprechen. Somit war Paul der erste Mensch in meinem Leben gewesen, dem ich meine Vermutung mitgeteilt hatte, und gleichzeitig der erste stumme Zeuge meiner mir noch selbst rätselhaften Existenz.

Verwirrt von der Unruhe, die ich spürte, öffnete ich meine Augen und sah mich um. Die Sonne stand bereits hoch am Himmelszelt. Doch meine Aussicht hatte sich verändert. Jedes Mal, wenn ich wach wurde, beschlich mich das Gefühl, ein kleines Stückchen weiter über die Wiese sehen zu können. Und es war kühler geworden, die Blätter der älteren Bäume waren vergilbt und hingen schlaff dem Boden entgegen, die Margeriten, die mich umgaben, lagen kraftlos über meine Wurzeln.

Doch nicht nur das Leben auf der Wiese hatte sich verändert, sondern auch jenes, das sich unmittelbar an meinem Lebensreich befand. So nahm ich seit einigen Wochen laute Motorengeräusche wahr. Anfangs fürchtete ich mich vor ihnen, konnte sie keinem mir bekannten Objekt zuordnen. Doch an diesem Morgen konnte ich die Quelle dieses Höllenlärms orten.

Die Maschinen glichen großen, gelben Raubtieren und waren mit dicken Reifen ausgestattet. Bei jeder ihrer Bewegungen entwich blauer, stinkender Rauch aus einem kleinen Rohr, welches sich am Ende der Maschine befand. Doch mit der Zeit merkte ich, dass diese eigenartigen Kreaturen sich nicht für mich zu interessieren schienen, sondern eher für das Erdreich, das sich neben dem dort stehenden Haus befand. Den ganzen Tag über stach es mit seiner merkwürdigen Vorrichtung in den Boden und hob ihn aus. Damals konnte ich nicht verstehen, welchen Vorgang ich dort beobachtete. Heute weiß ich es besser, aber ich möchte keine Punkte meiner Geschichte überspringen.

Jedenfalls beobachtete ich, wie diese Maschinen den ganzen Tag lang gruben, lärmten und die Luft verpesteten – unweit von mir, den großen Bäumen, Grashalmen und Blumen sowie den unzähligen kleinen Tierchen, die zu meinen Wurzeln lebten. Und so entschloss ich, bei meiner Mutter am darauffolgenden Tag nachzufragen, um was es sich hierbei handeln könnte. Gedankenversunken war mir der Hund, der wild und ohne Herrchen über die Wiese lief, vollkommen entgangen. Stürmisch kam er auf mich zugerannt. Wieder spürte ich Panik in mir aufkommen. Noch nie zuvor war mir ein solches Wesen begegnet und ich wusste nicht, welche Gefahr von ihm ausging. Der Hund blieb bei mir stehen und schnupperte an meinem Stamm. Es kitzelte, und hätte ich mich verbal ausdrücken können, hätte ich ihn angefleht damit aufzuhören. Doch ich muss zugeben, unangenehm war dieses Gefühl nicht. Es war eben mein erster physischer Kontakt mit einem anderen, größeren Lebewesen, und so war mir mulmig und unwohl dabei.

Und dann, als habe der Hund meine Gedanken erraten, hielt er plötzlich mit dem Schnuppern inne, hob einen seiner Hinterläufe und entleerte sich gegen mich. Nervös sah ich ihm dabei zu und merkte, wie die äußere Schicht meines Stammes an jener Stelle, an der der Hund sein Bein hob, feucht und warm zugleich wurde. Ich erzitterte kurz, worauf meine kleinen, zarten Blätter zu rascheln begannen. Erschrocken fuhr der Hund hoch, sah mich einen kurzen Moment an und flitzte dann, so schnell ihn seine vier Pfoten trugen, in Richtung des gelben Ungetüms. Heute muss ich bei diesem Gedanken schmunzeln. Wahrlich, romantisch war diese erste Begegnung nicht, und dennoch war es für mich ein unvergessliches Ereignis.

Es war neu für mich, mich im Kontakt mit jemandem anderen zu spüren, die eigene Rinde, die eigenen Blätter. Deshalb hat sich auch jener Tag, an dem ich das erste Mal mit eigenen Augen die gelben Monster erblickt hatte, an dem ich das erste Mal körperlichen Kontakt erlebt und wahrgenommen hatte, tief in mein Gedächtnis gegraben.

Ich wurde erst wach, als meine Mutter in meinem Zimmer stand und mir mit einem Ruck die Decke von meinen Bett zog. „Hey!", schrie ich schlecht gelaunt und noch im Tiefschlaf auf. „Aufstehen, aber schnell!", befahl mir meine Mutter streng.

Es war einer der seltenen Sonntage, an denen ich nicht durchschlief. Diese Gelegenheit wollte meine Mutter nutzen um mich auf meiner Reise, die ich jeden zweiten Tag antrat, zu begleiten. Und so stieg ich nach einigem Murren, das meine Mutter Gott sei Dank nicht verstand, aus dem Bett und zog meine Sonntagskleider an. Mein Vater saß bereits am Küchentisch und las, sein Croissant kauend, die Tageszeitung. Über den Rand des Wetterberichts hinweg sah er mich an, als ich die Küche betrat, und begrüßte mich lächelnd. Dann machte er mir noch Komplimente für meine gelungene Frisur, die aussah, als hätte ich soeben einem Wirbelsturm getrotzt. Missmutig sah ich ihn an und setzte mich auf einen der vier Küchenstühle.

„Bist wohl nicht sehr zum Spaßen aufgelegt, wie?", fragte er mich. „Allerdings!", entgegnete ich ihm und kleisterte mir eine dicke Schicht Erdnussbutter auf mein Brötchen. „Wo wollt ihr denn schon so früh hin?", fragte er an meine Mutter gewandt, die mir gerade Milch in mein Glas eingoss. „Ich will wissen, wo sich unser Sohn rumtreibt, wenn er schläft", erklärte sie ihm lapidar.

Ein Außenstehender hätte sich bei dieser Antwort wohl Fragen nach dem geistigen Gesundheitszustand meiner Mutter gestellt, doch bei uns waren solche Gespräche völlig normal. Und so nickte mein Vater kurz und sah mich fragend an.

„Ich will es versuchen …", erklärte ich, „ich will versuchen, die Erinnerungen, die ich an jene Tage und Nächte habe, an die Realität anzuknüpfen, den Ausblick, den ich jeden zweiten Tag genieße, mit einem Ort zu verbinden, um so meine beiden Leben, die ich führe, besser verstehen zu können", fuhr ich mit meinen Erklärungen fort. Mein Vater nickte kurz. „Du bist wahrhaftig ein kleines Wunder“, meinte er nur und lächelte mir zu. Wahrscheinlich hätte man dieses Lob unterschiedlich auffassen können, doch ich hörte darin nur das Positive heraus und meine Laune besserte sich schlagartig. Obwohl meine Doppelexistenz meinen Eltern bisher unzählige Schwierigkeiten mit den verschiedensten Behörden eingebracht hatte, war ich dennoch stolz, etwas Besonderes zu sein. Und so trank ich mit einem einzigen Schluck mein Glas Milch und schlüpfte in meine Winterjacke.

Obwohl wir erst Herbst hatten, war es wesentlich kühler geworden und ein starker Wind wehte die gelblichen und orangefarbenen Blätter von den Bäumen. Sie flogen in kleinen Wirbel um unsere Füße, als ich zusammen mit meiner Mutter das Haus verließ und die Straße entlang marschierte.

„Wonach soll ich suchen?“, fragte ich meine Mutter. Sie sah mich unschlüssig an. „Ich weiß nicht so recht … sieh dir die Umgebung an, präg dir die Häuser, die Bäume ein und versuch den Ort wiederzuerkennen, an dem du dich an den Tagen, an denen sich dein Geist von uns entfernt, aufhältst“, versuchte sie mir zu helfen. Unsicher sah ich mich um, betrachtete die Häuser, die an dieser Straße standen, die Vorgärten, in denen die letzten Blüten dieses Sommers an den Sträuchern verwelkten. Doch nichts rief in mir Erinnerungen wach. Hand in Hand schlenderten wir durch die Nachbarschaft, bis mir plötzlich ein gelber Bagger in die Augen stach. Ruckartig blieb ich stehen. Überrascht sah mich meine Mutter an.

„Ich … ich …“, stotterte ich aufgeregt. „Ich glaube, dieses gelbe Ding habe ich schon mal gesehen!“, versuchte ich ihr zu erklären. Vorsichtig näherte ich mich der Maschine auf der ein Arbeiter saß und Erde aus einer Grube hob.

„Entschuldigen Sie“, versuchte meine Mutter die Aufmerksamkeit des Mannes in blauer Latzhose auf sich zu lenken. Der Mann sah sie verwundert an, stellte aber daraufhin den Motor ab, der einen Höllenlärm verursachte. „Kann ich Ihnen helfen?“, fragte er meine Mutter freundlich. „Ehm, ja …“, entgegnete sie zaghaft. „Könnten Sie mir sagen, was Sie hier tun?“ Der Arbeiter antwortete ihr lächelnd: „Aber sicher doch. Hier soll ein Haus gebaut werden. Seit die Plastikfabrik hier eröffnet hat, zieht es immer mehr Leute aus der Stadt raus aufs Land. Die ganze Gegend soll später einmal eine Wohnsiedlung werden. Soweit ich informiert bin, steht bisher jedoch nur dieses Haus in Auftrag."

„Ach so", meinte meine Mutter und fügte dann noch schnell hinzu, „ich hätte noch eine Bitte. Mein Sohn interessiert sich sehr für große Maschinen, so wie die Ihre hier", flunkerte sie, woraufhin das Gesicht des Arbeiters erstrahlte. „Dürfte er vielleicht einmal kurz zu Ihnen ins Fahrerhaus steigen? Ich weiß, es würde ihm eine große Freude bereiten", log sie ungeniert weiter. Voller Stolz antwortete der Mann in Blau: „Aber natürlich! Komm Kleiner, nur keine Angst! Solche jungen Burschen wie dich können wir später gut in unserer Branche gebrauchen!", meinte er freundlich zu mir. Unsicher sah ich meine Mutter an. „Na los, mach schon!", flüsterte sie mir zu. Zaghaft kletterte ich die einzelnen Stufen, die ins Fahrerhaus führten, hinauf. Der Mann setzte mich auf seinen Schoss und begann mir die verschiedenen Instrumente und deren Funktionen zu erörtern. Doch ich hörte ihm nicht wirklich zu, sondern starrte nur durch die Scheibe des Baggers auf die vor uns liegende Wiese. Mir war alles vertraut, die großen Bäume, die darauf wuchsen, die einzelnen Blumen, die Margeriten, die der Herbstkälte bislang tapfer standgehalten hatten, sich nun jedoch langsam der anstehenden kalten Winterzeit beugten und erschlafften, sowie der Stacheldraht, der die gesamte Grünflache umzäunte. Meiner Mutter waren meine Blicke nicht entgangen und sie blickte ebenfalls auf die vor uns liegende Grünfläche.

„Ich will wieder runter", sprach ich leise zu dem Baggerfahrer, der nun sichtlich enttäuscht mit seinen überschwänglichen Erklärungen zu seiner Maschine aufhörte und mir beim Hinunterklettern half. „Das war sehr nett von Ihnen!", bedankte sich meine Mutter bei ihm, nahm dann meine Hand und folgte mir zur Wiese. Wir blieben beide vor dem Stacheldraht stehen. Wie gebannt starrte ich auf die dicken Bäume, die am hinteren Ende der Wiese standen, und meine Mutter auf mich.

Dann sah ich ihn. Dann sah ich mich.

Das erste Mal in meinem Leben sah ich seine feinen, schon leicht verwelkten Blätter, seinen schmalen, dennoch schon relativ hohen Stamm. Ich spürte, wie mein Herz schneller zu schlagen begann und mir gleichzeitig Tränen in die Augen stiegen. Zaghaft zog ich am Ärmel meiner Mutter.

„Können wir hin?", fragte ich sie mit zittriger Stimme. Ihr war mein Stimmungsumschwung keineswegs entgangen, deshalb meinte sie nur wohlwollend: „Komm, ich heb den Stacheldraht an, sodass du schnell hindurchschlüpfen kannst. Das Gleiche machst du dann bei mir", und bevor ich mich versah, standen wir beide im dichten Gras der Wiese. „Erkennst du etwas?", fragte sie mich neugierig, doch ich starrte immer noch auf das zierliche Apfelbäumchen, das im hintersten Winkel der Wiese stand und in der Nähe von ein paar verwelkten Margeriten sanft in der kühlen Brise wog.

Obwohl ich es mir damals noch nicht so recht erklären konnte, verspürte ich mit diesem kleinen Lebewesen ein Gefühl tiefster Verbundenheit.

„Komm", forderte ich meine Mutter auf, mir zu folgen. „Aber pass auf, wo du hintrittst!", ermahnte ich sie woraufhin sie mich überrascht ansah. Vorsichtig näherten wir uns dem Bäumchen, und ich ergriff die Hand meiner Mutter.

„Hier bin ich jede zweite Nacht und jeden zweiten Tag", murmelte ich gedankenversunken. „Hier führe ich mein zweites Leben, genau hier, auf dieser Wiese, an dieser Stelle", fuhr ich fort und zeigte auf das zierliche Bäumchen.

Ich sah in den Augen meiner Mutter, wie sich Verwirrung in Begreifen, Ratlosigkeit und schließlich in Akzeptanz verwandelte. Eine kleine Träne löste sich aus ihrem Augenwinkel und glitt über die von der frischen Luft geröteten Wange. Es war ein Apfelbaum, auf den mein Zeigefinger gerichtet war. Kleine, grüne Früchte hingen an den zierlichen Ästen, die unter der geringen, für die Zweige jedoch schweren Last zu brechen drohten. Noch immer auf das kleine Apfelbäumchen zeigend, fuhr ich fort:

„Nun bin ich mir sicher … Mama, das hier bin ich!"

Erst viele Jahre später hatte meine Mutter mir erzählt, wie schwer jener Tag, an dem ich mit ihr zusammen meinen Baum besucht hatte, für sie gewesen war. Ich konnte dies nie so richtig verstehen. Eigentlich, so glaubte ich, müsse sie doch ebenso froh und erleichtert wie ich gewesen sein, da wir nun endlich Antworten auf unsere Fragen gefunden hatten. Eigentlich hätte sie doch beruhigt sein müssen, nun wissend, wo sich meine Seele jeden zweiten Tag befand. Doch dem war nicht so.

Seit diesem Tag, so hatte sie mir erst kürzlich erklärt, machte sie sich nicht nur Sorgen um mich, ihrem Sohn aus Fleisch und Blut, sondern ebenfalls um den zweiten Wohnort meines Bewusstseins, jener aus Holz, Wurzeln und Harz. Heute, an dem Tag, an dem ich Ihnen, lieber Leser, dies alles erzähle, kann ich die Ängste meiner Mutter gut nachvollziehen. Doch damals war ich jung, hatte den Kopf voller Ideen, mein Körper war voller Tatendrang und ich hatte keine Zeit, mir ernsthaft Sorgen zu machen.

Doch seit dem Tag der Begegnung mit meinem zweiten Ich hatte sich das Verhältnis zwischen meiner Mutter und mir verändert. Nicht im negativen Sinne, doch sie war nachdenklicher geworden, ruhiger und sah mich oft minutenlang über den Küchentisch hinweg an. Abends, wenn sie mich zu Bett brachte, sprachen wir oft über die Erlebnisse des Tages und auch manchmal über mein kleines Bäumchen, in dessen Rolle ich schlüpfte, sobald sich meine Augen schlossen. Sie zog mir dann jedes Mal die dicke Decke bis unter die Nase, dass ich mich auch ja nicht auf der Wiese erkälten würde. Und jedes Mal erklärte ich ihr daraufhin, dass sie mich als Bäumchen einwickeln müsse, um einer Erkältung vorzubeugen, und nicht mich in meinem Bett, woraufhin sie dann den Blick senkte und mit aufsteigenden Tränen zu kämpfen schien.

Heute weiß ich, dass ihr damals unzählige Fragen auf der Seele brannten, die sie jedoch niemals mit einem Außenstehenden hätte teilen können. Nur manchmal, bevor ich einschlief und mich auf meine Reise begab, konnte ich sie mit gedämpfter Stimme mit meinem Vater reden hören, nachdem ich noch die zärtliche Wärme ihres Gutenachtkusses an meiner Wange spürte, sie das Licht gelöscht hatte und das Zimmer für die nächsten 24 Stunden verließ.

Ein Jahr verging und es wurde wieder Winter. Der erste Winter, an den ich mich noch bewusst erinnern kann. Mir war fürchterlich kalt, und obwohl ich meine letzten Blätter schon vor Wochen abgeworfen hatte, musste ich mit aller Kraft um mein Überleben kämpfen. Und dann fielen sie zu Boden, die ersten Schneeflocken dieser Jahreszeit. Es war ein komisches Gefühl. Die Bagger hatten mittlerweile ihre Arbeiten abgeschlossen und die Bauarbeiter, die in den letzten Wochen die ersten Mauern errichtet hatten, hatten ihren Hammer und Meißel für die kalten Monate des Jahres niedergelegt.

Und so konnte man sie hören, die winzigen Eiskristalle, wie sie leise klirrend auf den gefrorenen Boden fielen oder sich auf den Grashalmen, den großen Bäumen sowie auf mir selbst niederließen. Gerne hätte ich meine benachbarte Gefährten gefragt, wie man am besten mit dieser Kälte umzugehen habe, doch leider war mir dies nicht möglich. Auch die Ameisen und Käfer, die mit mir den Sommer verbracht hatten, waren nun in ihrem warmen, sicheren Erdreich verschwunden.

Die Sonne blieb an jenem Tag hinter den dicken Schneewolken verborgen und so lagen wir den ganzen Tag in trübes Dämmerlicht getaucht. Plötzlich vernahm ich Kinderschreie, die sich rasch näherten. Sie waren zu viert, dick eingewickelt in Winterjacken, ihre Köpfe und Hände waren zum Schutz vor der klirrenden Kälte in Mützen und Handschuhe eingepackt. Ich sah mich um und entdeckte sie, als sie gerade dabei waren, einen hölzernen Schlitten über den Stacheldraht zu hieven. Ich wusste nicht, was diese kleinen Menschen im Schilde führten, und so beobachtete ich sie misstrauisch.

Doch schon bald stellte ich fest, dass sie für mich, wie für keinen von uns Wiesenbewohnern eine Gefahr darstellen würden. Der Größte der Gruppe zog den Schlitten an einem Seil hinter sich her, während die drei kleineren Kinder hinter ihm her tollten, sich mit Schnee bewarfen und dabei kicherten. Er zog den Schlitten bis an den höchstgelegenen Teil der Wiese. Dann setzten sich alle vier darauf und ließen sich über den Schnee den Hügel hinab nach unten gleiten. Sie fuhren nur einige Zentimeter an mir vorbei, und einen Moment lang befürchtete ich, sie würden meinen schon unter der Kälte leidenden Stamm streifen. Doch wie ein Wunder rauschten sie an mir vorbei und hinterließen lediglich zwei tiefe Furchen im Schnee. Diesen Vorgang wiederholten sie mehrmals, und es war mir eine Freude, den Kindern dabei zuzusehen. Gerne hätte ich mit ihnen getauscht, mich von meinen Wurzeln, die mich seit Jahren an dieses Fleckchen Erde banden, losgelöst. Noch lieber wäre ich mit ihnen über die Wiese gebraust, und hätte die Freude, die sie hierbei erlebten, mit ihnen geteilt. Doch ich konnte ihnen lediglich dabei zusehen, wie sie die weiße Winterpracht genossen. Dann hörte ich, wie eine Frauenstimme hinter dem Zaun nach ihnen rief. Ich konnte ihre Rufe nicht verstehen, doch ich sah, dass die Kinder daraufhin den Schlitten wieder am Seil über die Schneedecke hinter sich herzogen und die Wiese verließen. Es wurde still.

Obwohl es noch nicht einmal richtig Tag geworden war, begann es bereits wieder zu dämmern. Die neu errichteten Straßenlaternen flackerten in der Finsternis auf und verbreiteten zuerst gelbliches, dann weißes Licht. Es war das erste Mal in meinem Leben, dass ich mich einsam fühlte und Sehnsucht nach einer anderen Existenz verspürte. Eine, in der ich nicht in dieser Kälte auszuharren hatte, eine, in der ich nicht alleine, inmitten dieser Wiese mein Leben zu verbringen hatte. Ich sehnte mich nach einem Leben, in dem ich mich frei bewegen und mit meinen Gleichgesinnten davonziehen konnte, wenn mir danach war. Wenn ich heute an diesen Tag zurückdenke, spüre ich diese Gefühle wieder in mir aufleben, als hätte ich sie erst gestern gespürt. Dann versuche ich, mich nicht selbst zu bemitleiden, sondern sage mir, dass auch diese schwere Zeiten, an denen man am liebsten mit anderen tauschen würde, Zeiten, in denen man sich verlassen fühlt, ebenso zum Leben gehören wie jene, an die man sich nur allzu gerne zurückerinnert.

In diesem Winter, der für mich der Schwerste und Härteste meines Lebens war, habe ich viel dazugelernt. Ich habe gelernt, mich mit dem zufriedenzugeben, was mir in die Wiege gelegt wurde, habe verstanden, dass das Eifern nach Dingen, die man nicht bekommen kann, einen traurig und unglücklich stimmt und ich habe begriffen, für mein Leben zu kämpfen, für meine Wurzeln, meinen Stamm, meine kahlen Äste, für mich selbst.

In der Schule ließen, wenn auch nur langsam, die Hänseleien über meine regelmäßige, dennoch ungewöhnliche Teilnahme am Unterricht nach. Offiziell hieß es, ich leide an einer mysteriösen Krankheit, die es mir nicht erlaube, täglich dem Unterricht beizuwohnen. Außer meinem Freund Paul kannte niemand die Wahrheit.

Am Anfang passte meine Realität perfekt in sein kindlich zauberhaftes Denken, das allen Kindern zu Beginn ihres Lebens angehört. Er glaubte, auch Zauberkräfte zu besitzen, glaubte an Monster und an Feen, an das Übernatürliche. Sein Denken wollte sich noch nicht an Gesetze anpassen. Und so fügte sich mein Geständnis, jeden zweiten Tag in die Form eines Baumes zu schlüpfen, perfekt in seine Gedankenwelt ein. Später, als wir älter wurden und er, genau wie ich, von der Gesellschaft gezwungen wurden, dieses zauberhafte Denken aufzugeben, um uns auf Rationalität und Logik zu beschränken, stellte er mir manchmal Fragen, wie mein Leben als Pflanze sei, was ich empfinden würde, wie Bäume empfinden würden. Doch nie stellte er meine Aussagen infrage, und dafür war und bin ich ihm noch heute unendlich dankbar. Bis dahin war er, mit Ausnahme meiner Eltern, der einzige Mensch, bei dem ich sein konnte, wie ich bin, dem ich sagen konnte, was ich dachte, ohne mir Gedanken über den Eindruck, den er von mir haben könnte, machen zu müssen. Und ich war mir sicher, dass er der einzige, mit mir nicht verwandte Mensch bleiben sollte, mit dem ich ein solches Gefühl der Verbundenheit teilen konnte.

Bis zu dem Tag, an dem Marie in unsere Klasse kam. Sie war fünfzehn, erklärte uns unser Lehrer, und war zusammen mit ihren Eltern vor einigen Tagen in unser Dorf gezogen. Sie sei ein Einzelkind, ihr Vater arbeite als Versicherungskaufmann, während ihre Mutter tagsüber zu Hause sei und sich um den

Haushalt kümmere. Für mich waren jene Informationen jedoch zweitrangig. Ich hatte nur Augen für ihr langes, braunes Haar, das ihr leicht über die Schultern fiel, ihre schwarzen Augen, die auf den Boden starrten, ihre Wangen, die bei den persönlichen Details, die unser Lehrer gerade der gesamten Klasse über sie offenbarte, leicht erröteten.

Später hatte sie mir erzählt, dass dieser Moment, in dem sie der Klasse vorgestellt worden war, einer der schwierigsten ihres bisherigen Lebens war. Sie hatte ihre Freundinnen erst vor Kurzem zurücklassen müssen und stand nun ganz alleine vor einer Schar von Schülern, die sie nicht kannte und die sie nun unverwandt anstarrten. Niemand sprach ein Wort, und Marie schien im Klassenboden versinken zu wollen, als unser Klassenlehrer ihr endlich einen Platz, nur eine Bank hinter mir, zuwies. Ich starrte verkrampft auf die Tafel, als sie an mir vorbeiging und sich hinter mich auf den für sie bestimmten Platz setzte. Ein süßer Duft, der von Marie ausging, lag in der Luft, und ich sog ihn tief ein. Paul und ich wussten damals schon sehr wohl, wie eine Frau auszusehen hatte, sowohl in Kleidern als auch ohne, doch erst in jenem Moment wusste ich, was es heißt, verliebt zu sein. Ich wusste es, als ich ihr das erste Mal tief in die dunklen Augen blickte, wusste es, als ich merkte, wie ich den Atem anhielt, damit mir ja nichts von der mysteriösen Aura, die Marie umgab, entging. Und sie saß direkt hinter mir. Ich wusste nicht, ob ich deshalb glücklich oder traurig sein sollte. Ich konnte sie nicht sehen, ohne mich auffällig nach hinten drehen zu müssen, doch ich spürte ihre Gegenwart, ich roch ihren Duft, sodass ich mich anstrengen musste, um mich auf den Stoff, den der Lehrer uns nun verzweifelt zu übermitteln versuchte, zu konzentrieren. Eines Tages, als ich während der Schulpause zusammen mit Paul im Hof stand, kam sie auf uns zu. Zuerst dachte ich, sie käme nur wegen Paul, doch als ich sah, dass sie, mit zaghaftem Lächeln, nur mir in die Augen sah, wurde mir ganz warm und ich spürte, wie meine Knie weich wurden.

„Hallo!“, begrüßte sie uns schüchtern und ihre großen Mandelaugen wanderten erst zu mir, dann zu Paul. Wie ein Fisch öffnete ich den Mund, schloss ihn, öffnete ihn erneut, doch meine Stimme versagte mir kläglich ihren Dienst. Ich merkte, wie Paul neben mir zu lachen begann und die Situation rettete, indem er Marie ganz lässig zurück grüßte. Ich stand nur daneben und wäre am liebsten im Erdboden versunken. Doch Marie schien dies aus einem mir damals unerklärlichen Grund zu gefallen.

Ich merkte, wie sie Paul zwar zuhörte, ihre Augen aber immer wieder meine suchten, was die Situation für mich jedoch nicht erleichterte. Sie hatte wunderschöne Augen und ich erinnere mich, dass ich mir damals, in jenem Moment, wünschte, mein ganzes Leben einfach damit verbringen zu können, mich in ihrem Blick zu versenken. Dann könnte ich die ganze Welt um uns herum vergessen. Doch dann schrillte die Glocke und setzte damit der wunderbaren, fast magischen Atmosphäre, in der ich mich dank Marie befand, erbarmungslos ein Ende. Ich kann nicht einmal sagen, was Paul während diesen wenigen Minuten mit ihr gesprochen hatte. Ich kann mich nur noch daran erinnern, wie sich ihre langen, braunen Haare leicht von ihrer Schulter hoben und einen kurzen Moment zu schweben schienen, als sie sich mit einem herzlichen Lächeln zuerst von Paul, dann von mir verabschiedete, sich umdrehte und in Richtung des Schuleingangs ging. Ich stand noch immer mit offenem Mund da und starrte ihr hinterher, bis Paul mich laut lachend in die Seite boxte.

„Da scheint es aber jemanden mächtig erwischt zu haben", sprach er mit breitem Grinsen im Gesicht. „Ach Quatsch!", entgegnete ich gespielt entrüstet. „Na los, komm schon, wir müssen wieder in den Klassenraum", versuchte ich von dem mir schrecklich peinlichen Erlebnis abzulenken und ging schnellen Schrittes auf das Schulgebäude zu. So blieben mir die Kommentare meines Freundes erspart, und ebenso das breite Grinsen, das er mir immer noch hinter mir her schlendernd, zuwarf.

An diesem Abend konnte ich noch weniger als an den anderen Abenden einschlafen, wollte meine Augen nicht schließen, wollte nicht in mein anderes Ich. Ich war verliebt und wollte nicht zurück auf die Wiese, auf der ich ebenfalls lebte. Ich wollte bei Marie sein, wollte in ihre Augen sehen, sie bei mir wissen, und dies für jede Sekunde, die mir gegeben war. Ich empfand es als ungerecht, sie einen ganzen Tag lang nicht sehen zu können, während meine Schulkameraden neben ihr sitzen und mit ihr reden durften. Ich war eifersüchtig auf meine Klassenkameraden, ein Gefühl, das mir bisher fremd war.

Doch als meine Mutter mich am Abend auf meine schlechte Laune ansprach, erzählte ich ihr nichts von meinen quälenden Gedanken. Und so lag ich in meinem Bett und versuchte, so lange wie nur irgendwie möglich, wach zu bleiben, die Nacht ohne Schlaf zu überstehen, um so am darauffolgenden Tag zur Schule gehen und vor allem bei Marie sein zu können. Ich kämpfte gegen die Müdigkeit an, gegen das Gewicht meiner mir immer wieder zufallenden Augenlider, doch vergebens. Und als ich sie wieder öffnete, mich umsah und nun die Umrisse der mir umliegenden Bäume erkannte, spürte ich, wie mich eine tiefe Trauer überkam. Es war nicht das erste Mal in meinem Leben, dass ich die anderen Menschen um ihr eindimensionales Leben beneidete, das mir im Gegensatz zu meinem so einfach erschien. Ich hätte alles dafür getan, um mit ihnen tauschen zu können. Doch dies war mir nicht vergönnt, und so versuchte ich den Tag, den ich als Baum zu verleben hatte, so gut und schnell wie nur irgendwie möglich hinter mich zu bringen.

Und so stand ich auf der Wiese zwischen meinen grünen Nachbarn, sah dem Sonnenaufgang zu und dachte an Marie, an ihr Lächeln, an ihre wunderbare Ausstrahlung. Ich war so in Gedanken versunken, dass ich die Motorengeräusche erst wahrnahm, als sie nur noch wenige Meter von mir entfernt waren. Verängstigt sah ich mich um. Der Winter war dem Frühling gewichen und weiße Blüten begannen an meinen Ästen zu sprießen. Ich war froh, die kalten Wintermonate überstanden zu haben. Umso erschrockener war ich, als ich sah, woher diese Motorengeräusche kamen. Dort, wo ich als kleiner Junge auf dem Bagger gesessen und mich als Baum wiedererkannt hatte, stand nun ein Haus. Es hatte noch keinen Anstrich, doch drinnen brannten schon Lichter und manchmal konnte ich seine Bewohner, zwei junge

Menschen, Mann und Frau, beobachten, wie sie vollgepackte Tüten durch die Tür ins Innere des Hauses hineinschleppten oder wie sie es zu früher Morgenstunde, in Arbeitskleidung gekleidet, wieder verließen.

Ich hatte mir damals keine Gedanken über dieses Haus und dessen Bewohner gemacht, stand es doch ein gutes Stück von mir und meinen Freunden entfernt. Doch an jenem Tag war ich nicht der Einzige, der argwöhnisch zu dem ohrenbetäubenden Geräusch hinübersah. Mehrere Männer stiegen über den Stacheldraht, der unseren Lebensraum bislang vor der Außenwelt geschützt hatte. Sie waren in Blau gekleidet und marschierten schweren Schrittes über die Wiese, zertrampelten unachtsam all jene Grashalme und kleinen, noch jungen Blumen, die ihr Leben gerade erst begonnen hatten. Sie bewegten sich hin zu einer der dicken Eichen, die schon seit meiner Geburt Teil meines Ausblickes waren. Einer der Männer schrie einen Befehl, woraufhin ein anderer eine Maschine startete, die sogleich lärmend aufheulte, und sie an den Stamm des Baumes hielt. Blauer Qualm stieg auf und kleine Holzspäne stoben in alle Richtungen.

Ich wollte nicht hinsehen, tat es dennoch, wusste ich doch genau, was dort gerade vor sich ging. Dann vernahm ich plötzlich ein lautes Krachen und sah gerade noch, wie die alte Eiche, mein lebenslanger Raum- und Zeitgenosse, sich nach links zu neigen begann und dann schließlich am Boden lag. Diese Menschen hatten sie getötet, hatten sie umgebracht, und ich spürte, wie mich eine tiefe Traurigkeit überwältigte. ‚*Warum?*', fragte ich mich immer und immer wieder. ‚*Warum? Wem hatte diese Eiche etwas zuleide getan? Inwiefern hatte ihre Existenz die Menschen gestört? Und warum gerade sie?*' Doch auf meine Fragen fand ich keine Antwort und ich spürte, wie mich der Sog der Verständnislosigkeit und Frustration immer mehr ergriff.

Nachdem man die Eiche vollends von ihren Wurzeln getrennt hatte, schnitten die Menschen sie in kleine Stücke, zündeten ein großes Feuer inmitten unserer Wiese an und warfen diese hinein. Es war ein grausames Spektakel und einer der schrecklichsten Tage, an die ich mich zurückerinnern kann. Die Menschen hatten ihr Werk nach einer Stunde vollbracht und daraufhin die Wiese, unseren Lebensraum, samt Motorsäge wieder verlassen. Doch das Feuer brannte noch Stunden nach ihrem Verschwinden weiter, und den ganzen Tag über zog der blaue Rauch der brennenden Rinde meines Freundes über meine Blätter und die gesamte Wiese hinweg. Ich war unendlich froh, als die Sonne begann, sich dem Horizont zu nähern, um schließlich dahinter zu verschwinden.

Als ich am darauffolgenden Tag erwachte, spürte ich, wie mein Kopfkissen völlig durchnässt war und meine Augen brannten. Als ich dem Sterben der Eiche zugesehen hatte, war ich traurig, das wusste ich, aber dass sich dies auf meine menschliche Existenz auswirkte war für mich neu. Es schien, als ob meine zwei Leben, egal in welchem ich mich gerade befand, enger miteinander verbunden waren als ich es bislang angenommen hatte.

Schnell sprang ich aus meinem Bett und lief in die Küche, wo meine Eltern bereits am Tisch saßen und frühstückten. Als meine Mutter meine verweinten und geschwollenen Augen sah, sprang sie auf und fragte erschrocken, was denn passiert sei.

„Sie haben die Eiche gefällt!", antwortete ich ihr und spürte, wie mir erneut Tränen in die Augen stiegen. „Sie haben sie getötet", sprach ich weiter bevor ich vollends in lautes Schluchzen ausbrach. Meine Mutter kam auf mich zu und nahm mich in ihre Arme. „Pssscht. Beruhige dich …", versuchte sie mich zu besänftigen. Doch dann wurde sie still und hielt mich einfach in ihren Armen, drückte mich ganz fest und strich mir sanft über meine Haare. Als ich etwas ruhiger wurde, setzte ich mich neben sie an den Tisch und begann zu berichten, was ich am vorherigen Tag miterleben musste. Meine Eltern hörten mir interessiert zu und ich sah, wie sich bei jedem meiner Worte die Miene meines Vaters verfinsterte. Als ich meine Erzählung beendet hatte, sah er meine Mutter besorgt an. Meine Mutter verstand sofort und sprach: „Ich werde gleich heute Morgen hingehen und nachfragen, was da los ist, weshalb dieser Baum gefällt werden musste!"

Ich wusste zwar, dass dies die Eiche, meinen stummen Freund, nicht wieder zum Leben erwecken würde, doch ich spürte, dass es mir guttat, von meinen Eltern verstanden und in meiner Trauer ernst genommen zu werden. Nachdem sich mein Vater verabschiedet hatte saßen meine Mutter und ich alleine in der Küche. Sie sah mir in die Augen, legte ihre Stirn in Falten und fragte mich daraufhin: „Hast du die ganze Nacht durchgeweint? Deine Augen … dein Gesicht … du siehst so schrecklich mitgenommen aus …" Ich sah meine Mutter an und antwortete nach bestem Wissen: „Ja, ich glaube schon. Als ich auf der Wiese stand und dem Sterben der Eiche zusehen musste, empfand ich tiefste Trauer. Als ich heute Morgen aufwachte, war mein Kissen von Tränen durchnässt." Ich sah, wie ihr Gesicht kreidebleich wurde. Besorgt und verunsichert fragte ich sie daraufhin: „Was hat das zu bedeuten, Mutter?"

Mit glänzenden Augen sah sie mich an. „Das bedeutet, dass deine zwei Existenzen sich nicht nur eine Seele teilen, sondern auch ein Leben. Und dies bedeutet wiederum, dass dieser Apfelbaum dort auf der Wiese für uns der wertvollste Baum dieser Erde ist."

Obwohl ich damals bereits fünfzehn war, war mir die Bedeutung und die Tragweite dieser Erkenntnis noch nicht so recht bewusst. Nachdem ich mich von meiner Mutter verabschiedet hatte und voller Vorfreude Marie wiederzusehen zur Schule gegangen war, begab sich meine Mutter auf den Weg zu der Wiese, auf dem das zweite Ich ihres Sohnes lebte. Dort, so erzählte sie mir später, sei sie auf jene Männer in Blau gestoßen, von denen ich ihr am Morgen berichtet hatte. Sie standen in einer Gruppe von fünf Personen in der Mitte der Grünfläche, nur wenige Meter von einem kleinen Aschehaufen entfernt, den kläglichen Überresten von der am Tag zuvor gefällten Eiche. Sie lachten miteinander und ließen sich ihre Pausenbrote schmecken. „Guten Tag“, versuchte meine Mutter, die Gruppe der Männer auf sich aufmerksam zu machen. Überrascht verstummten sie und sahen meine Mutter an. „Entschuldigen Sie, wenn ich störe, aber ich wollte fragen, ob Sie mir sagen könnten, was Sie hier tun?“

Der Bauleiter löste sich von den Anderen und ging auf meine Mutter zu.

„Guten Tag! Sie interessieren sich wohl sehr für ihre Umgebung“, antwortete er meiner Mutter.

Sie hingegen verzog keine Miene und sah den Mann unverblümt an und so antwortete er: „Ja, also … wenn Sie es genau wissen wollen. Hier kommt eine Parkanlage hin. Um diese Wiese herum sollen Wohnsiedlungen entstehen, und dieses kleine nutzlose Fleckchen Grün soll, wie schon gesagt, ein kleiner Park werden, mit Spazierwegen, Teichen und Bänken. „Ach so“, antwortete meiner Mutter lediglich, obwohl sie nicht wusste, ob sie nun besorgt oder erleichtert sein sollte, und so fragte sie weiter: „Ich sehe, Sie haben schon einige der Bäume hier gefällt. Werden denn noch weitere dem Park weichen müssen?“

Der Bauleiter lachte auf und rief in Richtung seiner Arbeitskollegen: „Hey! Diese Lady hier macht sich Sorgen um diese läppischen Bäume! Was haltet ihr denn davon?“ Er hielt sich den Bauch, so sehr musste er lachen.

Doch meine Mutter ließ sich nicht beirren. „Bitte würden Sie mir einfach nur meine Frage beantworten?“, fragte sie ihn leicht verärgert.

„Ja, also, einige werden schon noch fallen müssen. Doch machen Sie sich keine Sorgen, diese kränklichen kleinen Bäumchen werden bei Mutter Natur nicht ins Gewicht fallen!“. Erneut brach er in lautes Gelächter aus. Zorn stieg in meiner Mutter hoch, sie war außer sich vor Wut über die Auffassung dieser Bauarbeiter und ihrer Respektlosigkeit den Bäumen gegenüber und vor allem gegenüber ihrem Sohn, der aufgrund dieses Projektes nun in höchster Lebensgefahr schwebte. Doch dies hätte sie dem Mann, der breitbeinig vor ihr stand, nicht erklären können ohne nochmals ausgelacht zu werden.

Doch der Arbeiter sah, wie ernst es meiner Mutter war, wie sie die Informationen kaum ertragen konnte und so versuchte er sie zu besänftigen: „Machen Sie sich keine Sorgen! Wir werden nicht alle fällen. Schließlich ist es kein Park, wenn es keine Bäume mehr gibt!“ Er versuchte sich einfühlsam zu zeigen und sie so zu beruhigen. Meine Mutter sah ihn nur wortlos an und wandte sich dann, ohne ein Wort des Abschiedes, von ihm ab. Sie schritt langsam und behutsam über die Wiese, in Richtung des kleinen Apfelbäumchens, das inmitten einiger junger Blumen stand. Zärtlich strich sie mit dem Zeigefinger über eines der kleinen, grünen Blätter. „Es wird alles gut“, flüsterte sie dem Bäumchen zu, „es wird alles gut ...“ Sie dachte an ihren Jungen und fühlte gleichzeitig das Blatt, das sie zwischen den Fingern hielt. „Ich liebe dich“, sprach sie zum Baum, ließ das Blatt aus ihren Fingern gleiten und verließ die Wiese.

Sie war tief in Gedanken versunken, und so konnte sie nicht hören, wie die Bauarbeiter sich hinter ihrem Rücken lautstark über sie lustig machten.

Seit jenem Tag sah ich meiner Mutter immer öfters grübelnd am Küchentisch sitzen. Unendliche Trauer und Liebe lag dann in ihrem Blick. Doch noch etwas anderes spiegelte sich in ihren Augen, mit denen sie mich ansah. Damals konnte ich diesen Blick noch nicht deuten, heute weiß ich, dass es Angst war, Angst um meine Zukunft, Angst um mein Leben. Zu dieser Zeit kreisten meine Gedanken jedoch um andere Themen. Vor allem um Marie.

Noch nie verließ ich nach einem Schultag so ungern den Klassenraum als in jener Zeit. Obwohl meine Augen während des Schulunterrichts auf die Tafel gerichtet waren, hatte ich Mühe, dem zu folgen, was wir gerade an Lehrstoff durchnahmen. Alle meine Sinne waren auf die Person gerichtet, die mir so nah und doch außerhalb meines Blickfeldes saß, und so kam es nicht selten vor, dass ich vom Lehrer ermahnt wurde, besser aufzupassen. Ich wurde von ihm als Träumer bezeichnet, wenn ich zum wiederholten Male keine seiner Fragen beantworten konnte. Doch Paul, der neben mir saß, wusste es besser. Er sah mich dann an und lächelte verschmitzt.

Eines Tages kam sie während der Schulpause wieder auf mich zu. Ich wusste, dass sie zu mir wollte und nicht etwa zu Paul, denn dieser hatte Tafeldienst, was bedeutete, dass er eine ganze Woche lang die Tafel nach jeder Schulstunde sauber wischen musste.

Ich spürte, wie meine Hände feucht wurden, mein Hals trocken und eine Unzahl an Schmetterlingen in meinem Bauch wild umherzuflattern begannen. „Hallo!“, begrüßte sie mich schüchtern. Da ich diesmal jedoch einen sehr lässigen Eindruck hinterlassen wollte nickte ich nur leicht mit dem Kopf und grinste sie dann dümmlich an. Doch schon damals besaß sie die Fähigkeit, hinter meine Fassade zu blicken und mein wahres Ich zu erkennen, und so zwinkerte sie mir fast unauffällig zu und fragte mich dann: „Wie geht es dir? Fühlst du dich wieder besser?“

Anfangs wusste ich nicht, was sie mit ihrer Frage meinte, doch dann fiel mir wieder ein, dass sie die vorherigen Tage, an denen ich abwesend war, geglaubt haben musste, ich sei erkrankt. Deswegen antwortete ich schnell: „Ja, viel besser …“. Dann wurde es wieder still. Ich wusste nicht, worauf ich meinen Blick richten sollte und so sah ich verlegen auf meine Schuhspitzen.

„Hättest du Lust, irgendwann einmal etwas mit mir zu unternehmen?“, fragte sie mich ein wenig zurückhaltend, aber dennoch selbstsicher. Mit großen, überraschten Augen sah ich sie an. „Ehm …“, stotterte ich, „ja … also … ja … wenn du Lust hast …“

„Fein!“, entgegnete sie prompt, ohne weiter darauf einzugehen und schenkte mir erneut ihr bezauberndes Lächeln, drehte sich um und verschwand dann wieder in der Menge der tobenden Schüler. Hätte nicht kurz danach die Schulklingel geläutet so stünde ich wahrscheinlich noch heute inmitten der Holzbänke und Mülleimer unter der großen Linde, dem einzigen Baum, der auf dem Schulhof wuchs.

Ich hatte alle Mühe, wieder Herr meiner Gefühle sowie meines Körpers zu werden, und so wackelte ich mit weichen Knien zurück in unseren gemeinsamen Klassenraum. Als ich mich hinter die Schulbank auf den harten Holzstuhl fallen ließ, sah Paul mich besorgt an. „Was ist dir denn passiert? Hat man dich überfallen? Also man kann dich wirklich keine zehn Minuten aus den Augen lassen!“, gab er sich entrüstet.

„Sprich leiser!“, fauchte ich.

Beleidigt kramte er einige Hefte aus seinem Rucksack und warf sie auf die Bank. So unauffällig wie mir nur irgendwie möglich, wusste ich doch, dass Marie, die hinter uns saß, jede unserer Bewegungen mitverfolgen konnte, bückte ich mich zu Paul hinüber und flüsterte ihm eine Kurzfassung dessen ins Ohr, was mir gerade widerfahren war. Er grinste breit.

„Ach so … und deshalb machst du solch ein Gesicht? Aber vermassele es bloß nicht!“, fügte er noch schnell hinzu bevor unser Englischlehrer das Klassenzimmer betrat. Während der gesamten Stunde, in der unregelmäßige Verben an die Tafel geschrieben und uns deren Bedeutung erklärt wurde, schien es mir, als würde ich schweben. Meine Gedanken drehten sich um die Person, die hinter mir saß. Immer und immer wieder stellte ich mir jenen Nachmittag vor, den ich mit Marie verbringen würde, und immer und immer wieder fragte ich mich, warum sie gerade mich dafür in Betracht gezogen hatte. Ich freute mich sehr doch zugleich bedrückte mich das Wissen über mich und meinen Baum, das nur meine Eltern, Paul und ich teilten. Ich hatte das Gefühl ihr etwas zu verheimlichen und dieses Gefühl erschwerte es mir, ihr ohne schlechtes Gewissen je wieder in die Augen sehen zu können.

Es war Spätsommer und goldene, noch heiße Sonnenstrahlen brannten erbarmungslos auf meine Blätter. Vieles hatte sich in den letzten Monaten auf meiner Wiese verändert. Zwar stand ich noch dort, wo ich meine Wurzeln das erste Mal in den Boden geschlagen hatte, doch viele Pflanzen und Bäume, die mich umgaben, hatten ihr Leben lassen müssen. An ihrer Stelle befanden sich nun Bänke, die vereinzelt entlang eines frisch angelegten Kieselweges standen, der durch die Wiese führte und am Anfang nur selten, nun aber immer häufiger von Menschen für kleine Spaziergänge genutzt wurde. Unsere Wiese war, wie vom Bauarbeiter vorhergesagt, zu einem Park umgestaltet worden. Und nicht nur auf der ehemaligen Wiese, sondern auch neben ihr hatte das Leben neue Formen angenommen. An dem Ort, an welchem ich damals als kleines Bäumchen dem Baggerfahrer beim Schaufeln von Erde zugesehen hatte, standen nun mehrere Häuser, kleine und größere, Einfamilienhäuser sowie Appartements. Ab sofort teilte ich meinen Lebensraum mit den Menschen, die sich hier niedergelassen hatten, und sogar mit Hunden, die gegen meinen Stamm urinierten. Anfangs störte mich dies, es stank und zog Mücken an, doch mit der Zeit hatte ich mich auch hieran gewöhnt. Es waren eben Tiere, Teil der Natur, zu der auch ich – wie all die anderen Bäume und Menschen – gehörten. Doch von allen Lebewesen störten mich die Letztgenannten am meisten. Viele von ihnen waren sehr angenehme Besucher. Sie kamen mit Kinderwagen, deren kleine Besitzer Hand in Hand mit ihren Eltern artig über den Kiesweg trippelten, hie und da mit ausgestrecktem Finger auf einen Schmetterling, einen Käfer oder einen von uns zeigten, um dann ihren Weg fortzusetzen. Manche sahen meine herangereiften Äpfel, die an meinen Ästen hingen und pflückten sie. Während sie sich wieder von mir entfernten, konnte ich hören, wie sie diese schmatzend verzehrten. Es schmerzte nicht, wenn sie meine Äpfel pflückten, im Gegenteil. Es erfreute mich jedes Mal, wenn ich sah, dass der Geschmack meiner Früchte die Menschen erfreute, wenn sie ihnen schmeckten, wenn ich ihnen auf so einfache und natürliche Art und Weise eine Freude bereiten konnte.

Es gab aber auch Menschen, die vor nichts und niemandem Rücksicht nahmen. Sie kamen in größeren Gruppen, beladen mit silbernen Kisten, die dann in den Rasen gestellt wurden und aus denen den ganzen Tag über laute Musik dröhnte. Dies empfand ich als störend, hätte jedoch darüber hinwegsehen können. Doch was mich ärgerte, waren die Feuer, die diese Menschen dann inmitten der Pflanzen und Blumen anzündeten um sich dann ein Essen darauf zuzubereiten. Beobachtete man sie hierbei, konnte man sehr wohl erkennen, dass ihnen dies Spaß zu machen schien. Was sie jedoch nicht sehen konnten oder wollten, war das verbrannte Gras, totes Leben, das nach dem Verschwinden der Gruppe oft noch wochenlang als schwarzer Fleck am Boden zurückblieb und die anderen Pflanzen und Bäume tagtäglich an die Ignoranz einiger Menschen erinnern ließ. Und dann gab es noch diejenigen, die ich nie richtig einzuschätzen wusste. Sie schienen zunächst freundlich, intelligent und friedlich, doch man konnte und durfte ihnen nicht trauen.

So musste ich einmal mit ansehen wie eine Frau mittleren Alters, während sie an mir vorüberging, eines meiner Blätter abriss um es danach gedankenlos wieder zu Boden fallen zu lassen. Es hatte nicht sehr geschmerzt und dennoch wurde mir infolgedessen einiges bewusst. Ich musste beispielsweise einsehen, dass ich den Menschen gegenüber völlig machtlos war. Ich war ihrem Willen ausgeliefert und musste passiv auf ihr Wohlwollen mir gegenüber hoffen. Diese Erkenntnis schmerzte mich wesentlich mehr als der Verlust eines meiner Blätter, und es brauchte mehrere Tage, ja sogar Wochen, bis ich in der Lage war mit diesem Schicksal umzugehen.

Leider musste ich jedoch ebenfalls lernen wahren physischen Schmerz zu ertragen. Eines Abends, die Sonne näherte sich schon dem Horizont und färbte den späten Sommerhimmel dunkelrot, kam ein Liebespärchen den Weg entlanggeschlendert. Die

Frau trug eine rot karierte Decke mit sich, die sie sorgfältig unter meinem Blätterdach ausbreitete. Die beiden saßen einige Zeit stumm nebeneinander. An diesem Augenblick war ich noch stolz sie unter meinen Ästen empfangen zu dürfen und dass die beiden gerade mich dazu auserwählt hatten, ihnen Schutz vor den Augen der anderen Menschen zu bieten. Und so sah ich ihnen wohlwollend zu, beobachtete, wie beide dem Sonnenuntergang zusahen, wie der Mann zärtlich seine Hand in den Nacken der Frau legte, sie an sich heranzog und ihr einen langen Kuss gab. Es war ein wundervoller Moment, voller Magie und Zauber. Doch dann taten beide etwas auf dessen Erfahrung ich gerne verzichtet hätte und was mir erneut meine mir auferlegte Passivität verdeutlichte. Nachdem der Mann seine Hand wieder vom Nacken der Frau genommen hatte, stand er auf, nahm aus seiner Hosentasche ein scharfes Taschenmesser und klappte es auf. Die Frau sah ihm neugierig dabei zu. Dann ging er mit der Klinge auf mich zu und machte den ersten Schnitt. Zuerst spürte ich nichts, nur den Kontakt mit dem kalten Metall des Messers. Doch dann begann es heftig zu brennen und es schien mir als würde er mich meiner gesamten Länge nach aufschlitzen. Ich dachte ich müsse sterben als er nach mehreren Minuten fertig war und selbstzufrieden sein Werk betrachtete. Das Werk, das er in meiner Rinde hinterlassen und mich so für den Rest meines gesamten Lebens entstellt hatte. Doch die Frau schien es zu erfreuen, denn sie sprang von ihrer Decke, umarmte den Mann und küsste ihn erneut.

Sie blieben noch eine Weile und erst als die Sonne einem schwarzen, sternenklaren Nachthimmel gewichen war, war von beiden keine Spur mehr zu sehen. Sie hatten sich unter meinen Ästen geliebt, hatten den ausströmenden Duft meiner Blätter eingesogen und hatten mir eine Wunde zugefügt, an der ich noch lange Zeit später zu leiden hatte. Sie hatten mich entdeckt als sie Arm in Arm den Weg entlanggeschlendert waren. Was sie nicht mehr sahen war wie der Mond die Harztropfen, die aus den Namen der beiden Liebenden sickerten und welche nun zäh in den Vertiefungen meiner Rinde zu Boden flossen, golden schimmern ließ.

Und dann kam der Tag an dem ich mir zum zweiten Mal selbst begegnete. Doch ich war nicht alleine. Anfangs war ich mir unsicher ob ich Marie schon bei unserem ersten Treffen in mein sogenanntes Doppelleben einweihen sollte, aber ich wollte ihr nicht länger mit einer Lüge begegnen. Und so entschloss ich sie zu einem Spaziergang in unseren kleinen Dorfpark einzuladen. Gegen drei Uhr nachmittags stand sie vor unserer Haustür. Sie trug ein dunkelblaues Sommerkleid, das ihre schwarzen Augen noch mehr zur Geltung brachte. Ich erinnere mich noch genau wie ich ihr damals die Tür öffnete und sie vor mir stand. Ich war so nervös und gleichzeitig so bezaubert von ihrem Erscheinungsbild, dass ich unfähig war nur ein einziges Wort der Begrüßung hervorzubringen. Gott sei Dank kam in dem Moment meine Mutter hinzu und hieß Marie herzlich bei uns willkommen. Nachdem ich die Fassung wiedererlangt hatte teilte ich ihr mit was ich mir für den Nachmittag überlegt hatte und sie willigte sofort ein. Und so machten wir uns auf den Weg.

Schüchtern schritt ich in einigem Abstand neben Marie her und verstohlen warf ich ihr immer wieder Blicke zu. Ihr Gesicht war einfach perfekt, mit ihrer hübschen kleinen Nase, ihren sanft geschwungenen Lippen und kleinen Grübchen, wenn sie lachte. Das Haar hatte sie hochgesteckt, vereinzelt fielen ihr Strähnen ins Gesicht. Für mich war sie perfekt. Doch nicht nur äußerlich war ich unsterblich in sie verliebt. Auch ihr Wesen, ihre Persönlichkeit und ihre Charakterzüge faszinierten mich. Sie war intelligent, verstand schnell, hatte viel Humor und vor allem ließ sie sich von nichts und niemandem täuschen. Man konnte ihr einfach nichts vormachen. Mit ihren großen Augen schien sie einfach durch einen hindurch bis tief in die Seele sehen zu können.

Diese Gedanken und noch viele andere gingen mir durch den Kopf als wir uns wortlos auf den Park zubewegten. Wir näherten uns den neu angelegten Spazierwegen und von Weitem konnte ich bereits die Kronen der älteren Eichen erkennen. Und dann fiel mein Blick erneut auf mich selbst. Ich sah meinen Stamm, meine Blätter, erkannte die Blumen, die neben mir wuchsen, die Bäume, die die Umgestaltung der Wiese überlebt hatten, und spürte wie mir Tränen in die Augen stiegen. Sofort bereute ich es Marie hierher gebracht zu haben. Hastig wischte ich mir die Tränen von den Wangen und hoffte inständig, dass sie von denen mich überwältigenden Gefühlen nichts mitbekommen hatte. Doch ich hätte es besser wissen müssen. Ihre sensiblen Antennen hatten sie bisher noch nie im Stich gelassen und so fragte sie mich, als wir den Park betraten, ob es mir denn gut ginge.

Ich wusste was auf dem Spiel stand sollte ich mich trauen ihr reinen Wein einzuschenken. Dennoch spürte ich, dass ich mein Schicksal mit niemandem anderen als mit Marie teilen wollte. Zaghaft nahm ich sie an der Hand und führte sie hin zu meinem Baum. Dann bat ich sie sich zu setzen. Ich begann ihr von meinen beiden Geburten, von meinen beiden physischen Hüllen und von meinen beiden Geschenken Gottes zu erzählen. Obwohl ich die Verwunderung in ihren Augen sehen konnte unterbrach sie mich nicht ein einziges Mal, sondern hörte mir interessiert und aufmerksam zu. Ich spürte, wie es mir guttat, die Geheimnisse, die ich seit Beginn meines Lebens mit mir trug, mit einem Menschen wie Marie zu teilen.

Als ich mit meiner Erzählung bis an den damaligen Tag angelangt war, legte ich vorsichtig meine Hand auf den Stamm und fuhr mit meinem Finger entlang der Kerben im Holz. Ich wischte vorsichtig einen Tropfen Harz weg, der aus einer erst kürzlich eingeritzten Liebesbekundung floss. Behutsam tat Marie es mir gleich und sah mich dann an.

„Ich glaube ich liebe euch beide“, sprach sie und legte ihren Finger, mit dem sie soeben meine Baumrinde berührt hatte, auf meine Lippen. Ich roch den sich verschmelzenden Geruch des Harzes mit dem Duft Maries, schloss die Augen und atmete tief ein.

Es war der intensivste Moment meines Lebens, und ich bin noch heute glücklich darüber, dass ich diesen mit Marie, die nur wenige Jahre später meine Frau werden sollte, teilen durfte. Wir verbrachten den gesamten Nachmittag unter dem schützenden Blätterdach meines Baumes. Ich pflückte vorsichtig die zwei schönsten und größten Äpfel und wischte sie kurz an meinem Pullover ab. Einen davon hielt ich Marie hin. Skeptisch sah sie mich an.

„Ich will dich nicht essen!“, sprach sie und betrachtete verunsichert die grüne Frucht in meiner Hand. Ich lachte woraufhin sie mich beleidigt ansah. „Iss ihn!“, versuchte ich ihr die Zweifel zu nehmen. „Ich versichere dir, dass ich am Leben bleiben werde! Dieser Apfel ... ich habe ihn mithilfe der Natur gedeihen lassen, habe ihn getragen und habe ihn genährt. Anfangs war er auch ein Teil von mir, doch nun hat er sein eigenes Leben. Er beinhaltet ein Stück von mir und dennoch ist er nicht ich. Ich habe ihn zwar hervorgebracht, aber ich bin nicht er. Iss ihn, und du wirst mir eine große Freude bereiten, du wirst mir damit sogar eine Ehre erweisen.“

Verunsichert sah Marie erst mich, dann den Apfel in meiner Hand, an. Zögernd nahm sie ihn. „Bist du dir sicher?“, fragte sie mich erneut.

„Ganz sicher!“, sagte ich mit fester Stimme. „Jedem Menschen wünsche ich, dass er irgendwann loslassen kann was ihm lieb und teuer ist. Im Leben kann man nichts kontrollieren, denn jedes Wesen folgt seinem natürlichen Weg. Versucht man zwanghaft etwas an sich zu binden gesteht man ihm kein eigenes Leben zu und man wird es zerstören, vernichten oder auf brutale Weise verlieren. Stell dir vor, Äpfel würden nie zu Boden fallen, sondern an den Ästen der Bäume hängen bleiben. Stell dir vor, die Bäume würden sie derart von allem abschotten, dass nicht einmal Vögel in ihre Nähe könnten. Die Vögel würden verhungern, die Äpfel faulen. Sie könnten ihre Bestimmung nicht erfüllen, ihrer Aufgabe nicht nachgehen. Der Boden, in der der Apfelbaum seine Wurzeln geschlagen hat, würde aus Mangel an neuem, nahrhaftem Boden, sauer werden, was schließlich den Tod des Apfelbaumes zur Folge hätte. Damit er jedoch leben kann und damit Tiere wie Menschen überleben können, muss er seine Früchte freigeben, sie loslassen, sie ihrem Sein überlassen." Nachdenklich sah Marie mich an. „Woher weißt du das alles?", fragte sie mich. Erstaunt musste ich feststellen, dass ich keine Antwort darauf wusste. *War es Intuition? War es der Drang zum Überleben, der solche Gedanken in mir hervorbrachte?* Dann hörte ich wie Marie neben mir in den Apfel biss. Sofort sah sie zu mir herüber, wahrscheinlich um zu prüfen, ob ich das Gesicht vor Schmerz verzerrte. Doch ich lächelte und so aß sie ihn bis auf die Kerne auf.

„War es schlimm?", fragte sie mich als sie sich den Mund mit ihrem Handrücken abwischte. „Ganz und gar nicht", entgegnete ich ihr, „ein wahres Vergnügen!" Ich schmunzelte.

Vorsichtig nahm sie das Apfelhaus zwischen ihren Daumen und Zeigefinger und musterte es genau. Dann entnahm sie ihm vorsichtig einen der Kerne und reichte ihn mir. „Ein kleines Andenken an unseren ersten gemeinsamen Nachmittag!", sprach sie. Ich nahm ihn entgegen und sah ihn mir an. Dann steckte ich ihn in meine Hosentasche, in der Hoffnung, ihn abends dort noch vorzufinden.

Nach diesem Erlebnis stellte Marie mir Fragen zu meinen beiden Leben, die ich führte. Sie interessierte sich gleichermaßen für jene zwei Formen, befragte mich nach meinen Empfindungen als Baum, nach meinen Erfahrungen als Mensch und wie ich beide als einzigen Lebenssinn zu verbinden verstand. Meistens konnte ich ihre Fragen beantworten, doch mit einigen hatte auch ich Schwierigkeiten. Sie drängte mich jedoch nicht und schien begeistert von der Vielseitigkeit und den Wundern des Lebens, denen wir täglich oft unwissend begegnen. Wir sprachen viel doch manchmal wurden wir ganz still und sahen uns einfach nur schweigend an. Ich fühlte mich ausgesprochen wohl in Maries Gegenwart und so musste ich nach einigen Stunden widerwillig einsehen, dass es bereits dunkel und damit Zeit wurde Marie wieder nach Hause zu begleiten.

Als wir den Rückweg antraten nahm sie mich vorsichtig an der Hand. Ich spürte ihre zarten Finger zwischen den Meinen und spürte den Verlauf ihrer dünnen Handknochen. In dem Moment nahm ich mir vor für immer und ewig auf sie aufzupassen, darauf zu achten, dass jenem mir so wertvollen Geschöpf nie etwas zustoßen würde. Als wir vor ihrem Haus ankamen dankte mir Marie für jenen wunderbaren Nachmittag und fragte mich schüchtern, ob ich Lust hätte, ihn zu wiederholen. Ich willigte sofort ein und ergänzte, dass ich nichts lieber tun würde als mit ihr Zeit zu verbringen. Daraufhin näherte sie sich meinem Gesicht und drückte ihre Lippen sanft auf meine. Für jenen kurzen Moment stand die Zeit still. Ich bemerkte nicht wie die Nachbarskinder auf ihren Fahrrädern an uns vorbeifuhren, bemerkte den überraschten und neugierigen Blick unserer Nachbarin nicht. Ich spürte nur die Berührung von Maries Lippen und ich hätte mein Leben dafür gegeben, diesen Moment für die Ewigkeit anhalten zu können. Doch als sie sich wieder von mir löste, wusste ich, dass, obwohl dieser Augenblick nur noch in unserer gemeinsamen Erinnerung weiterexistieren würde, es von nun an einen Menschen in meinem Leben gab, auf den ich zählen konnte. Einen Menschen, der mich verstand und der uns liebte: meinen Baum und mich, und dies genau so, wie die Natur uns geschaffen hatte.

Als ich die Haustür hinter mir zugezogen hatte, begrüßte ich rasch und geistesabwesend meine Eltern, die beide am Küchentisch saßen und aßen, stürmte die Treppe hinauf und verschwand in meinem Zimmer. Im ersten Moment glaubte ich, ihn verloren zu haben, doch dann spürte ich ihn, klein und glatt zwischen meinen Fingerkuppen. Vorsichtig zog ich den Apfelkern aus meiner Hosentasche und legte ihn auf die Platte meines Arbeitstisches. *Wo sollte ich ihn aufbewahren?* Ich sah mich in meinem Zimmer um, als mein Blick auf ein kleines Kästchen fiel, in dem ich meine Milchzähne aufbewahrte. Jede Zeit hat ihre eigenen Schätze, und so kippte ich die kleinen, weißen Zähne achtlos in die Schublade meines Nachttisches. Dann nahm ich den dunkelbraunen Apfelkern und legte ihn behutsam in die Mitte des Kästchens. Ich sah ihn mir noch einige Minuten an, seine Form, seine Beschaffenheit, dann schloss ich den Deckel und legte meine neueste Kostbarkeit zwischen die Milchzähne in die Schublade des Nachttisches. Obwohl ich an jenem Abend dachte, nie einschlafen zu können, fielen mir nach nur wenigen Atemzügen die Augen zu.

Als ich sie wieder öffnete umgab mich tiefe Nacht. Die Schnitte, die man mir zugefügt hatte, schmerzten noch, doch ich fühlte, dass sie mein Überleben nicht weiter bedrohen würden. Unter mir sah ich das zusammengedrückte Gras, auf dem mein anderes Ich zusammen mit Marie gesessen hatte. Ich lächelte, als ich an jene Stunden dachte.

Obwohl ich es in meiner menschlichen Gestalt oft schwer hatte die Realität meiner Existenz zu akzeptieren, schätzte ich mich dennoch glücklich. Ich empfand es als eine große Chance diese beiden Leben führen und dadurch Erfahrungen zweier parallel verlaufender Welten machen zu dürfen und das Leben aus zwei verschiedenen Perspektiven beobachten zu können. Kleine Ameisen krabbelten an meinem Stamm entlang und zufrieden sah ich ihnen dabei zu. Plötzlich durchbrachen laute Motorengeräusche die Stille der Nacht und mehrere blaue Lieferwagen fuhren an uns vorbei. Ich spürte wie mir beim Anblick dieser Maschinen und Menschen, die jene bedienten, kalt wurde. Ich mochte sie nicht und die Erinnerungen an die Eiche, die sie vor unser aller Augen ohne Zögern gefällt hatten, war noch äußerst lebhaft. ‚*Wen wird es dieses Mal treffen?*‘, fragte ich mich, als die Männer aus den Lieferwagen stiegen, deren Lichter die Wiese künstlich erhellten. Bewaffnet mit ihren Motorsägen gingen sie zu dem Grundstück, das sich genau gegenüber von meinem Platz im Park befand. Dann ertönte wieder jenes grausame Geräusch das dem Tod meines alten Freundes vorausgegangen war. Und wieder flogen Späne, wieder knirschte und krachte es als der Baum von den ihn am Leben erhaltenden Wurzeln getrennt wurde und hart zu Boden fiel. Ich vernahm all jene Geräusche, doch dieses Mal sah ich nicht hin. Ich konnte es nicht, konnte jenen Anblick einfach mehr nicht ertragen.

Und so zwang ich mich meinen Blick wieder auf meinen Baumstamm zu richten und beobachtete jene kleinen Ameisen, die mittlerweile ihren Abstieg begonnen hatten.

Mehrere Jahre vergingen, Marie war nun meine feste Freundin, worüber ich überglücklich war. Paul hatte anfangs jedoch Schwierigkeiten sich mit unserer Beziehung abzufinden. Seit dem Tag, an dem er auf dem Schulhof auf mich zugekommen war, war er mein bester Freund. Er war der Mensch, mit dem ich jede freie und wache Minute mit Indianer-Spielen und mit Hüttenbauen verbracht, sowie große Pläne für die Zukunft geschmiedet hatte. Doch seit ich mit Marie zusammen war gehörte ein Großteil meiner Freizeit ihr, was Paul zutiefst missfiel. Es dauerte lange, bis ich mir dessen bewusst geworden war. Ich bemerkte, dass sich sein Verhalten mir gegenüber verändert hatte doch lange hat er mir dessen wahren Grund verheimlicht. Ich verstand seine Verstimmung nicht bis ich einmal merkte wie er Marie und mir zusah als wir Hand in Hand vom Schulhof gingen und sein Blick tiefe Trauer widerspiegelte. Einige Tage später sprach ich ihn darauf an. Anfangs stritt er vehement ab, dass Marie etwas mit seiner Befangenheit zu tun haben könnte. Doch dann, als ich nicht lockerließ, schüttete er mir sein Herz aus. Er erzählte mir, dass bei ihm zu Hause der Haussegen schief hinge und seine Eltern sich deshalb scheiden lassen wollten. Dadurch, dass ich nun meine Zeit mit Marie anstelle mit ihm verbrachte, fühle er sich verstoßen und alleine gelassen. Ich verstand seine Empfindungen und sogleich überkamen mich Schuldgefühle. *Wie hatte ich Paul einfach links liegen lassen können? Wie war es möglich, dass ich nichts von der schweren Phase, die mein bester Freund durchzustehen hatte, bemerkt hatte?* Und so entschuldigte ich mich bei ihm und bat ihn, mir eine zweite Chance zu geben. Ich habe daraufhin nicht weniger Zeit mit Marie verbracht, sondern Paul einfach in unser Leben mit einbezogen. Und ich sah, wie er aufblühte, wie er, während wir zu dritt unter meinem Baum im Park saßen, wieder zu jenem spitzbübischen Jungen wurde, als den ich ihn kennen gelernt hatte. Ab und zu verbrachte ich auch Zeit mit

Marie alleine, dann jedoch auch wieder mit Paul. Seit meinem Gespräch mit ihm hatte ich das Gefühl, nicht zwischen beiden entscheiden zu müssen, und dafür bin ich ihm dankbar. Es waren wahre Freundschaften, die wir führten, Freundschaften, die selten sind und die einen ein Leben lang prägen.

Während ich so meine Jugendjahre mit Lernen, Lieben und Lachen verbrachte, wuchs mein Baum zu einer wahren grünen Pracht heran. Er war nicht mehr ein kleines, kränkliches Bäumchen, sondern zu einem stattlichen Baum herangewachsen, gleich jenen, an denen er als junges Gewächs ehrfurchtsvoll hochgeblickt hatte. Obwohl ich in meinem menschlichen Leben oft schwierige Situationen zu bewältigen sowie tiefgreifende Entscheidungen zu treffen hatte, stelle ich heute fest, dass ich es als Baum oft schwerer hatte. Jeden Tag stand ich dort, meine Wurzeln tief in die Erde geschlagen, hoffend, dass die Menschen es gut mit mir meinen und mich am Leben lassen. Die geringste Gefahr ging von der Natur aus. Meine Wurzeln reichten tief genug ins Erdreich, sodass ich problemlos mehrere Tage ohne Regenwasser verbringen konnte. Die eigentliche Gefahr ging von den Menschen aus, die tagtäglich an mir vorübergingen. Manchmal zupfte man mir wieder Blätter, manchmal brach man mir sogar ganze Äste ab. Den Grund dafür konnte ich nie verstehen. Stand ich doch lediglich da und wollte leben, wollte nur ein Teil des Ganzen sein. Und dennoch ließen die Menschen mich nie in Ruhe.

In meiner Existenz als Baum gab es jedoch auch schöne Momente. So musste ich jedes Mal, wenn ein Liebespärchen sich unter meinen Blättern niederließ, an Marie und mich denken, wie wir es ihnen gleichgetan hatten. Dann erfreute ich mich meines Daseins und genoss mein Glück hier und jetzt wachsen, gedeihen und altern zu dürfen. Hie und da konnte ich kleine Sträucher sehen, kleine Bäumchen, die erst am Anfang ihres Lebensweges standen. Dann hoffte ich inständig, dass sie ebenso schöne Momente erleben durften.

Unsere freien Nachmittage verbrachten wir, Marie, Paul und ich, von nun an immer in unserem kleinen Park. Entweder breiteten wir eine Decke unter meinem Blätterdach aus und picknickten oder wir legten uns gemütlich gegen meinen Stamm und dösten in der Sommerhitze. Es waren wunderbare Zeiten voller Sorglosigkeit und Frieden. Für mich waren diese Momente besonders wertvoll, da ich mir, gegen meinen Stamm gelehnt, selbst so nahe sein konnte wie sonst nie. In diesen Augenblicken fühlte ich mich stark, war der Beschützer meiner Selbst und war bereit, mich bis aufs Blut zu verteidigen. Heute frage ich mich manchmal, ob es Marie und Paul nie langweilig war, unsere freie Zeit immerzu an jenem Apfelbaum zu verbringen. Doch niemals hatte sich einer der Beiden beklagt. Auch wenn ich Jahre später Marie danach fragte, antwortete sie stets, dass sie nirgendwo lieber war als dort an jenem Baum. In diesem Moment, in dem ich diese Zeilen niederschreibe, kommt es mir vor, als lägen jene Zeiten Hunderte von Jahren zurück und ich spüre, wie mir Tränen der Wehmut in die Augen steigen. Doch ich werde mich hüten, in Selbstmitleid zu verfallen, will ich doch mit Ihnen, verehrtem Leser, noch den Rest meiner Lebensgeschichte teilen.

Meinen zwanzigsten Geburtstag feierten wir, gemeinsam mit meinen Eltern, bei uns zu Hause. Meine Mutter hatte einen großen Kuchen gebacken und ich wurde mit Geschenken überhäuft. Es sollte ein schöner Tag werden und dennoch hatte das Leben andere Pläne für uns. Als mein Vater sich von seinem Stuhl erhob, um mir Glück zu wünschen, wurde er schlagartig kreidebleich, fasste sich an die Brust und sackte in sich zusammen. Tief erschrocken sprangen wir alle von unseren Stühlen auf und liefen zu ihm hin. Seine Lippen bebten, seine Augen flackerten. „Einen Arzt! Schnell, ruf einen Arzt!“, schrie meine Mutter mir entsetzt zu.

Zwei Stunden später saßen wir vier, meine Mutter, Paul, Marie und ich, in dem kleinen Wartezimmer des örtlichen Krankenhauses. Neonröhren surrten über unseren Köpfen und tauchten das ganze Zimmer in ein kaltes, weißes Licht. Dann trat der behandelnde Arzt meines Vaters ein und blickte einige Sekunden in unsere Gesichter, bevor er sich an meine Mutter wandte und ihr verkündete, was niemand mehr zu ändern vermochte. Die Natur hatte beschlossen, dass mein Vater die Erde an jenem Tag verließ, an dem ich sie vor zwanzig Jahren betreten hatte. Sie hatte entschieden sein Lebenslicht an jenem Tag zu löschen, an dem sie meines gleich zweifach entzündet hatte. Mein Vater hatte einen Schlaganfall erlitten, war zum Opfer des Stresses an seinem Arbeitsplatz geworden. Er hatte die Gesundheit seines Herzens für die Plastikfirma geopfert, für die er jahrelang gearbeitet hatte und musste uns nun unserem eigenen Schicksal überlassen. Am Härtesten hatte dieser Schicksalsschlag meine Mutter getroffen. Sie stand einige Minuten regungslos da und starrte den sprechenden Arzt geistesabwesend an.

Als dieser sich nach einigen Beileidsbezeugungen von uns verabschiedete, brach sie schließlich unter unseren geschockten Augen zusammen. Noch Jahre später habe ich die Schuld am Tode meines Vaters auf mich genommen. Ich hatte das Gefühl, dass mein Vater wegen mir gestorben sei, und es bedurfte vieler langer Gespräche und Hilfe anderer, um mich von dieser bedrückenden Last an Schuldgefühlen schlussendlich zu befreien. Meine Mutter erholte sich, so schien zumindest, relativ schnell und fand nach nur einigen Monaten wieder zurück in ihren gewohnten Alltag. Heute denke ich, dass sie die Routine brauchte um mit den Schmerzen umgehen zu können. Dass die gewohnten Handlungen ihr eine Möglichkeit der Flucht vor quälenden Gefühlen und Gedanken bot. Dennoch, wie sie ihr Schicksal annahm bewunderte ich. Für mich war meine Mutter immer eine starke Frau gewesen, und ich hoffe, sie wird es auch in den kommenden Tagen sein können. Wieder spüre ich, wie Schuldgefühle in mir aufkeimen. Doch dieses Mal kann ich mit Sicherheit nicht dafür. Wirklich nicht …

So wurde ich mit zwanzig Jahren das erste Mal mit dem Tod eines geliebten Menschen konfrontiert. Nach der Beerdigung meines Vaters verbrachten Marie und ich die Tage wieder alleine unter dem Apfelbaum im Park. Paul fand, dass es besser wäre, Marie und mich für einige Zeit alleine zu lassen um mir so die Möglichkeit zu geben, das Erlebte besser und intensiver verarbeiten zu können. Und das war es auch, was wir beide, in dicke Winterjacken gehüllt, unter dem Baum taten. Wir sprachen stundenlang über das Leben, den Tod und deren beider Sinn. Es war ein sehr wertvoller Austausch und ohne Maries Hilfe und Offenheit hätte ich jene Zeit, die auf den Tod meines Vaters folgte, wohl kaum unbeschadet überstanden.

„Wir kommen auf die Welt, verbringen einige Jahre hier und verlassen sie dann wieder …“, sprach ich in Gedanken versunken und versuchte in der Weltenordnung einen tiefer liegenden Sinn zu erkennen.

„Warum?“, fragte ich Marie, da es mir nicht gelang eine zufriedenstellende Antwort darauf zu finden. Marie sah nachdenklich auf eine Bank, die einige Meter von uns aufgestellt worden war. Ein älterer Mann mit gekrümmtem Rücken ließ sich ächzend darauf nieder. Er öffnete eine kleine Papiertüte, die er aus seiner Jackentasche hervorgeholt hatte und entnahm ihr einige harte Brotkrümel, die er dann vorsichtig neben sich auf die grün angestrichenen Holzplanken legte. Es dauerte nicht lange, bis sich die ersten Vögel näherten, sich zuerst argwöhnisch neben ihm niederließen, dann immer kühner nach den Brotresten pickten. Der Mann sah ihnen dabei zu und ein Lächeln umspielte sein altes, faltiges Gesicht. Marie seufzte.

„Ich denke das Wichtigste ist, dass man aus der Zeit, die einem auf dieser Welt gegeben wird, etwas macht. Was zählt ist nicht das Materielle, nicht das Finanzielle, sondern was man erlebt und wie man es erlebt. Ich denke, Sinn des Lebens ist es nicht die Welt verändern zu wollen, sondern nach den glücklichen, oft kurzen Momenten zu suchen, zu erkennen und sie bewusst zu erleben. Nach Momenten, die man mit den Menschen verbringt, die man liebt. Ich wünsche mir, dass jeder Mensch seinen Weg gehen wird, in dem er aufmerksam für die kleinen Geschenke ist, die die Welt ihm bietet.

Und wenn er fähig ist, diese Kostbarkeiten zu schätzen, dann wird er auch glücklich sein können. Und so sehe ich das Leben als ein riesiges Geschenk, aber auch als eine große Chance, die man uns gegeben hat. Und jener Mensch, der seinen Weg akzeptiert mit dem Vertrauen, dass das, was passieren soll auch passieren wird, wird dem Tode ohne Angst entgegensehen können. Und dein Vater war ein solcher Mensch! Er hat dich und deine Mutter über alles geliebt, und deshalb wird er auch weiterhin in Liebe sein können. In welcher Form kann niemand sagen, doch ich bin mir sicher, dass er in irgendeiner Form weiterexistieren und seine Liebe nie enden wird!“

Wortlos sahen wir beide zu, wie sich zwei Vögel um einen letzten Brotkrümel zankten, den der alte Mann zurückgelassen hatte, nachdem er sich von der Bank erhoben und seinen Spaziergang fortgesetzt hatte.

Tief in meinem Inneren spürte ich, dass Marie recht hatte, doch in jenem Moment konnte ich mir dieses Gefühl nicht eingestehen. Noch zu tief saß der Schmerz über den Verlust meines Vaters, zu intensiv spürte ich noch die Schuldgefühle. Doch die Natur heilt viele Wunden, und auch wenn ich anfangs nicht daran glaubte, mich je von meiner Trauer und den negativen Gefühlen, die meinen Alltag begleiteten, befreien zu können, wurden sie Monat für Monat leichter zu ertragen. Ich hätte gerne auf diese Erfahrung verzichtet, doch ich muss eingestehen, dass sie mich nachdenklicher und reifer gemacht hatte. Sie hatte mich dazu bewegt, bewusster zu leben. Sie hatte mich daran erinnert nicht einfach alles als normal anzusehen, sondern aufmerksam zu sein für das, was meinen Alltag ausmachte, und dankbar dafür zu sein, ohne irgendwelche Gewissensbisse zu empfinden. Auch heute denke ich noch oft an meinen Vater, erinnere mich an seine guten wie schlechten Seiten – und freue mich auf unser baldiges Wiedersehen.

Es schneite wieder. Nicht das erste Mal in meinem Leben, aber dennoch das erste Mal für diesen Winter. Die Schneeflocken machten mir längst nicht mehr so schwer zu schaffen wie damals vor zwanzig Jahren, als ich sie das erste Mal zu Boden schweben sah. Wieder spürte ich wie sich die winzigen, perfekten Eiskristalle auf meine Äste niederlegten und mich nach und nach weiß einkleideten. Die Wunde, die man mir in jenem Sommer zugefügt hatte, war fast vollends verheilt. Man konnte zwar noch die Schnitte erkennen, doch Schmerzen empfand ich keine mehr. Ich wurde immer größer und stärker und meine Angst, sterben zu müssen, wich mit jedem Ast, den ich gen Himmel streckte und mit jeder Wurzel, die ich im Boden ausbreitete. Meine anfängliche Lethargie meinem Schicksal gegenüber wich der Zuversicht, mit allem und jedem fertig werden zu können, und ich war stolz auf den mächtigen Apfelbaum, zu dem ich herangewachsen war.

Ich bemerkte, wie die Spaziergänger auf mich aufmerksam wurden, wie sie mich ansahen, wenn sie an mir vorbeigingen, wie Kinder spielten und sich hinter meinem Stamm versteckten. Man sah mich, man nahm Notiz von mir, ja manchmal hatte ich sogar das Gefühl, dass man mich als jenes Lebewesen respektierte, das ich war.

Ich genoss dieses Gefühl, genoss es, nicht mehr abhängig vom Wohlwollen anderer zu sein, sondern ein Recht auf den Platz, den ich einnahm, und damit auf mein Leben zu haben. Und so beobachtete ich sie, die Menschenkinder, wie sie an jenem Tag ihre Schlitten an mir vorbeizogen, wie sie sich mit Schneebällen bewarfen und vor Freude laut juchzten. Obwohl es kalt war und der Frost den Schwächsten unter uns schwer zu schaffen machte, war es für mich eine schöne Zeit, besinnlich und friedlich zugleich.

Heute, dem Tag, an dem ich mit Ihnen meine Erfahrungen und Erinnerungen teile, schneit es ebenfalls. Doch die Mengen an Schnee, die damals zu Boden gefallen waren, gibt es heute nicht mehr. Manchmal legt sich ein zarter, weißer Flaum über die Straßen, Häuser und Bäume, eine solche weiße Pracht, wie ich sie damals erleben durfte gehört jedoch der Vergangenheit an. Viele Menschen fragen sich, weshalb dem so ist, und auch ich habe mir diese Frage schon öfters gestellt. *Ist es die natürliche Ordnung, die nun bestimmt hat, dem Schnee Einhalt zu gebieten? Hat es genug geschneit? Oder ist es der Mensch, der aufgrund seiner Lebensweise diese natürliche Balance verändert hat? Hat er ihr Gleichgewicht beeinflusst? Unordnung in die Ordnung gebracht?* Vor einigen Jahren hätte ich auf jene Fragen keine Antwort zu geben gewusst, heute jedoch glaube ich, ein besseres Verständnis des Ganzen zu haben, bin ich doch selbst zu einem Teil der Antwort geworden. Damals jedoch schneite es ununterbrochen, es schneite, sodass jeder Gegenstand, ja sogar alle Lebewesen unter der dicken weißen Decke ihre Formen verloren und ausharrend auf den Sommer warteten. Und schon früh am Abend sah ich die Sonne an einem rosaroten Himmel untergehen, an dessen Stelle sich aufgrund des Zusammenspiels zwischen Licht und Schneeflocken ein dunkelorange leuchtendes Himmelszelt über mich und meine Freunde spannte. Die Tiere, die uns Nachts besuchten, wurden von Tag zu Tag weniger, die Ameisen waren spurlos verschwunden. Nur manchmal spürte ich, wie eine Amsel sich in meinem Geäst niederließ, auf der Suche nach abgefallenem Obst oder Würmern, die sich trotz der Kälte an die Erdoberfläche verirrt hatten.

Jeden Tag, an dem mein Bewusstsein als Baum erwachte, sah ich an meinem Stamm hinab und versuchte im Schnee zu erkennen, ob sich mir jemand während meiner Abwesenheit genähert hatte. Diesen Vorteil des Schnees wusste ich erst seit einigen Jahren zu nutzen. Im Sommer hatte ich keine Ahnung, wer sich am vorherigen Tag in meiner Nähe aufgehalten hatte und wie nah dieser mir tatsächlich gekommen war. Doch nun, im tiefsten Winter, konnte ich die Spuren im Schnee deuten. So konnte ich feststellen, dass mein menschliches Ich sich ebenso selten bei mir aufgehalten hatte wie die Tiere, die mir im Sommer täglich Gesellschaft geleistet hatten.

Ich wusste nicht, ob ich traurig oder enttäuscht sein sollte. Hatte dieser Mensch, mit dem ich meine Zeit auf Erden teilte, doch das Recht, sein Leben dort zu verbringen, wo es ihm am Besten gefiel. Und dennoch verspürte ich eine gewisse Enttäuschung, ja sogar ein leichtes Gefühl von Eifersucht. ‚*Wer konnte ihm denn wichtiger sein als ich, seinem Baum? Warum lässt er mich alleine, in dieser Kälte? Aber, habe ich das Recht, ihm Vorwürfe zu machen?*' Diese Gedanken und Fragen schwirrten mir durch den Kopf. Doch ich wollte nicht mehr nach Antworten suchen, wo ich doch so selten welche fand. Und so schloss ich, kurz nachdem die kleinen Kerzen und Lämpchen der vor einigen Wochen angebrachten Weihnachtsbeleuchtung zu brennen begannen, meine Augen und fiel in einen unruhigen Schlaf.

Die Tage vergingen und mit jeder Sekunde, die ich mit Marie verbrachte, wuchs in mir der Wunsch sie zu meiner Lebenspartnerin zu machen. Und so war ich, ohne dass Marie etwas davon erfahren hatte, Nachmittags heimlich in die Stadt gefahren und stand dort vor einer Vitrine, in welcher eine ganze Reihe Diamantringe lagen die in tausend Farben glitzerten. Nun sollte ich jenen aussuchen, der am Besten der Liebe, die ich für Marie empfand, entsprach. Der Verkäufer war mir keine große Hilfe, denn er war nur auf das Verkaufen bedacht und hatte keine Ahnung von der Frau, die jenen Ring an ihrem Finger tragen sollte, kannte nicht ihr Wesen, dem dieser Ring gerecht werden sollte.

Und so verbrachte ich einige Stunden beim Juwelier, begutachtete die kleinen und großen Kostbarkeiten und hatte schon innerlich die Hoffnung aufgegeben, den richtigen Ring für Marie zu finden. Plötzlich fiel mein Blick auf einen zierlichen, unscheinbaren Silberring, der in der hintersten Ecke einer der zahlreichen Schubladen lag. Als ich ihn zwischen meinen Fingern drehte, die Beschaffenheit des Metalls fühlte, spürte ich, dass ich den Richtigen gefunden hatte. Er war unauffällig und dennoch perfekt zugleich, dezent und dennoch kostbar. Ich ließ ihn hübsch einpacken, verstaute ihn in meiner Jackentasche und fuhr mit vor Aufregung feucht gewordenen Händen zurück in unser gemeinsames Appartement, in das wir erst vor einigen Monaten eingezogen waren.

Auch unsere Wohnung strahlte diese Einfachheit aus, und dennoch konnte man in ihr die Liebe spüren, die dort gelebt und gepflegt wurde. War ich mir zwar einigermaßen sicher, dass Marie mein Angebot nicht ablehnen würde, so war ich dennoch schrecklich nervös und hatte alle Mühe, die Bewegungen meiner Hände zu kontrollieren.

Ich kochte für uns ein Zwei-Gänge-Menü oder besser gesagt, ich versuchte es da Kochen noch nie zu meinen Stärken gehört hatte. Ich stellte Kerzen auf und wartete auf sie. Als ich hörte, wie sich der Schlüssel im Schloss drehte, stand ich auf, überprüfte noch einmal hastig, ob alles war, wie ich es mir vorgestellt hatte und stellte mich zur Begrüßung in den Flur. Sie trat ein und machte ein überraschtes Gesicht, als sie mich vor sich stehen sah. Ich umarmte und küsste sie wortlos, führte sie an den festlich gedeckten Tisch ins Wohnzimmer und bat sie Platz zu nehmen. Ich sah, wie ihre Verwunderung mit jeder Sekunde wuchs. Während der Abfolge der Gänge fragte sie nicht ein einziges Mal was es denn mit dieser ganzen Mühe auf sich habe. Sie genoss es einfach und ließ alles bereitwillig auf sich zukommen. Dann war der Moment gekommen. Ich kniete mich vor ihr hin und hielt ihr den Silberring entgegen. Dann fragte ich sie mit bebender Stimme ob sie meine Frau werden wolle. Ich sah wie Tränen in ihre Augen stiegen. Sie antwortete nicht, sondern umarmte mich so innig, wie es vorher nur selten der Fall gewesen war. Und so hatte ich meine Antwort und war überglücklich.

Zuerst war ich überrascht, dann unendlich froh, als ich die Gestalt meiner Mutter aus der Ferne entdeckte, die sich mühsam über den kleinen Kiesweg auf mich zubewegte. Es war schon lange her seit sie mich das letzte Mal besucht hatte. Ich hatte immer das Gefühl, dass sie mein menschliches Ich mir gegenüber bevorzugte, obwohl wir doch die gleiche Seele besaßen.

Ich hatte das Gefühl, dass meine Mutter sich noch immer nicht mit den Gegebenheiten abgefunden hatte. Immer und immer wieder hörte ich sie die Frage nach dem Warum stellen, immer wieder haderte sie mit ihrer Vergangenheit und dem Schicksal. Und so hatte sie meine Existenz als Baum aus ihrem Denken gestrichen. Für sie gab es nur ihren Sohn, der jeden zweiten Tag durchschlief, das war alles. Das war ihre Art, mit Gefühlen, Gedanken und Sorgen umzugehen. Ich hätte verbittert sein können, aber ich empfand an jenem Tag nur Freude, als ich sie auf mich zukommen sah. Ihr Alter und der frühe Tod meines Vaters hatten ihre Spuren hinterlassen. Unzählige Falten zeichneten ihr einst so ebenmäßiges Gesicht, ihr Rücken war leicht nach vorne gekrümmt, als hätte sie sich trotz allem Kämpfen nun ihrem Schicksal gebeugt. Doch in ihren Augen konnte ich noch das gleiche Funkeln entdecken wie damals, als sie mit ihrem Sohn das erste Mal auf diese Wiese gekommen war, um mich als kleines Bäumchen zu besuchen. Sie war eine starke Frau, was mir noch einmal verdeutlicht wurde, als ich nun sah, wie sie vor mir stehen blieb, und ich erkannte, dass sie nun bereit war sich ihren Ängsten sowie den Gegebenheiten zu stellen. Obwohl es mir nicht möglich war, die Gefühle, die ich in jenem Moment für sie empfand, auszudrücken, versuchte ich diese zumindest auszustrahlen. Vielleicht gelang es mir, ich bin mir nicht sicher. Doch eine Träne bahnte sich langsam ihren Weg über ihre Wange, als sie mich ansah. Mit ihren leicht gekrümmten Fingern berührte sie mich, fuhr über meinen Stamm, meine Äste, meine Blätter. Dann ging sie in die Hocke und hob eines meiner abgefallenen Blätter vom Boden auf, welches sie vorsichtig säuberte und dann in ihre Jackentasche gleiten ließ.

In dem Moment wusste ich, dass sie mich nach all den Jahren als Teil ihres Sohnes akzeptiert hatte und ich war glücklich. Glücklich darüber, eine Mutter zu haben, die mich als Sohn bedingungslos annehmen konnte, glücklich darüber, eine Mutter zu haben, die den Mut besaß, nach dem inneren Frieden zu suchen, mit allen Konsequenzen. Sie blieb noch einige Zeit, sah mich an, studierte mich regelrecht, meine Formen, die Farbe und die Furchen meiner Rinden. Dann legte sie die Fingerspitzen auf ihre Lippen, küsste sie und drückte mir jenen Kuss an einen meiner Zweige. Ein feiner Windhauch ließ mein Geäst sanft erzittern. Gedankenversunken sah sie mich an, wandte sich ab und verließ mühsam schreitend den Park.

Die Hochzeit war für den darauffolgenden Sommer geplant. In jener Zeit blühte meine Mutter wieder zu jener Frau auf, die ich aus meinen Kindertagen kannte. Sie versuchte sich nicht zu sehr in unsere Pläne einzumischen und dennoch konnte ich sehen, dass ihr dies schwerfiel. Marie reagierte gelassen auf die unzähligen Vorschläge und Ideen, die uns meine Mutter für diesen uns allen so wichtigen Tag machte. Auch Paul sollte an jenem Tag nicht fehlen, und Marie und ich hatten entschlossen, ihn als unseren Trauzeugen einzusetzen. Er willigte freudestrahlend ein und versprach uns nicht zu enttäuschen. Und auch Maries Familie war hocherfreut über unsere Zukunftspläne. Eigentlich kannte ich sie nicht näher, ebenso wenig wie sie mich kannten, und dennoch waren sie mir immer wohlwollend begegnet, hatten mich liebevoll in ihrer Mitte aufgenommen und mich ohne Zögern als den Ehemann ihrer einzigen Tochter akzeptiert. Wahrscheinlich hatten sie erkannt, welch starke und tiefe Gefühle Marie und ich füreinander empfanden. Maries Mutter verstand sich gut mit meiner Mutter und ihr Vater war ein liebevoller Mann, der seine Frau nach unzähligen Ehejahren immer noch auf Händen trug. Bei den Gelegenheiten, an denen meine Mutter, Maries Eltern und wir beide vereint an einem Tisch saßen, aßen und lachten, konnte ich meine Mutter immer wieder dabei beobachten, wie sie auf die Hand von Maries Vater starrte, die liebevoll auf jener seiner Frau ruhte. In den Momenten fühlte ich den gleichen stechenden Schmerz wie meine Mutter.

Mein Vater fehlte uns allen sehr, und dennoch niemandem so sehr wie meiner Mutter. War es Eifersucht, die ich dann in ihren Augen abzulesen vermochte? Trauer? Nostalgie? Ich konnte es nicht sagen und habe auch nie gewagt, meine Mutter danach zu fragen. Sie hätte mir sowieso nur ausweichend geantwortet, und so versuchte ich sie stattdessen zu beschützen, wo es mir nur möglich war.

Für unseren Hochzeitstag hatten wir ein kleines, schönes Schlosshotel gebucht, in dem Marie und ich sowie all unsere Gäste übernachten konnten. Doch noch war es nicht Abend, noch waren wir nicht Mann und Frau, sondern befanden uns kurz vor der kirchlichen Trauung. Ich zog die Gardinen am Fenster unserer Hotelsuite auf und blickte in den Hof. Tiefe, große Pfützen hatten sich unter dem anhaltenden Regen der letzten Tage gebildet und verwandelten den Innenhof in ein Sumpfgebiet. Mir war das Wetter eigentlich eher unwichtig, doch ich wusste, dass es Marie das Herz brechen würde, wenn sie diese Wetterbedingungen sah. Sie hatte immer von einer Hochzeit im Freien geträumt, unter strahlend blauem Himmel und der Sonne, die alles und jeden in goldenes Licht tauchte. Aus diesem Grund hatten wir die Hochzeit für den Sommer geplant, einem Tag in einem Monat, in dem Regen fast hundertprozentig auszuschließen war. Doch heute hatte sich die Natur einen Spaß mit uns erlaubt, sich uns und unseren Plänen widersetzt und uns gezeigt, dass sie es war, die die Kontrolle besaß. ‚*Nix da*', schien sie uns mitteilen zu wollen, ‚*ich entscheide, nicht ihr! Ich bin der, der das Wetter bestimmt, nicht ihr mit euren Meteorologen oder mit euren teuren Messapparaten. Ihr messt mich, versucht mich zu verstehen, einzuordnen und glaubt, ihr hättet mich im Griff … Aber dem ist nicht so, vergesst das nie!*'. Marie hatte jedoch eine weniger philosophische Erklärung für die Regentropfen, die gemütlich, aber unbeirrbar auf uns, unsere Zelte, in denen die Hochzeit stattfinden sollte und unsere Blumenarrangements herunterprasselten. ‚*Schlechtes Omen!*', war ihre Erklärung, was ihre und meine Mutter ihr jedoch schnellstmöglich wieder auszureden versuchten. Schon immer, wenn Marie nervös war, klammerte sie sich an den Aberglauben, an geheimnisvolle Zeichen, an übersinnliche Kräfte und Botschaften. Ich hielt jedoch nichts von diesen sogenannten Zeichen und so achtete ich stets darauf, dass Marie ihre Entscheidungen überdachte und sich dabei nicht von umherlaufenden Katzen, Wochentagen oder Ziffern beeinflussen ließ. Heute musste diese Aufgabe jedoch ihre Mutter und die zukünftige Schwiegermutter übernehmen. Sie versuchten Marie von der Absurdität ihrer Ansichten zu überzeugen während unten im Garten bereits die ersten Gäste, unter Regenschirme geduckt, eintrafen. Ich war gerade dabei, die letzten Knöpfe meines weißen Hemdes zuzuknöpfen, als es hektisch an meine Tür klopfte. Es war meine Mutter. Sie konnten Marie nicht zur Vernunft bringen.

„Was sollen wir tun?", fragte mich meine Mutter aufgeregt und völlig ratlos.

„Ich gehe zu ihr!", schlug ich vor.

„Unter keinen Umständen, das bringt Unglück, wenn Braut und Bräutigam sich vor der Hochzeit sehen!", fuhr sie mich entrüstet meines Unwissens an.

„Das Unglück passiert, wenn Marie nicht bald wieder zu sich findet und unsere Hochzeit nicht stattfindet. Mutter, ich liebe sie, also lass mich zu ihr!" Es war eher ein Befehl als eine Bitte und so ließ sie mich durch.

„Marie!?", rief ich und klopfte an ihre Zimmertür an. Keine Antwort. Dann plötzlich konnte ich leises Wimmern durch die dünne Holztür vernehmen. Da sass sie am Tage unserer Hochzeit und weinte, weil sie unglücklich war. Es brach mir das Herz.

„Marie! Bitte, öffne mir die Tür! Bitte, lass uns reden! Marie?" Ihr Wimmern schlug in Schluchzen um, doch die Tür blieb verschlossen. Ich stand da, das Gesicht in den Händen vergraben, und versuchte die Situation zu begreifen. *‚Will sie mich nicht heiraten? Hat sie Angst? Wenn ja, wovor? Ändert eine Hochzeit einen Menschen? Nicht physisch, sondern psychisch? Ist es das, was eine solche Angst in ihr auslöst? Die Veränderung? Aber wenn wir uns lieben, wahrhaftig und ehrlich, dann kann es, wenn überhaupt, doch nur eine Veränderung zum Guten sein … Ist sie sich ihren Gefühlen nicht mehr sicher?‘* Für mich war dies die einzig mögliche Erklärung. Doch ich wollte nicht so einfach aufgeben, war sie doch zu einem Teil meines Lebens geworden. Sie war ein eigenständiger Mensch, aber dennoch war sie längst ein Teil meiner Selbst. Niemals würde ich sie aufgeben, niemals! Und so drehte ich mich auf dem Absatz um und stürmte die unzähligen Treppen hinunter, eilte durch den Hoteleingang und rannte hinaus in den Regen. Ich lief über den Kiesweg, durch Pfützen hindurch, sodass der Stoff meines teuren Anzuges nass und mit Schlamm bespritzt wurde. Mir war dies jedoch völlig egal. Ich hatte nur ein Ziel, und das musste ich schnellstmöglich erreichen, wenn Marie an diesem Nachmittag zu meiner Angetrauten werden sollte. Und so rannte ich so schnell ich mit meinen italienischen Designerschuhen konnte, die ich mir eigens für diesen großen Tag zugelegt hatte. Die nassen Haare klebten mir im Gesicht. Welch sonderbare Figur musste ich für Passanten gemacht haben, wie ich da in meinem teuren Smoking durch die Straßen unseres Dorfes hetzte! Endlich tauchte mein Elternhaus in meinem Blickfeld auf. Ich riss die Haustür auf, die Gott sei Dank nicht abgesperrt war. Ich rannte in mein altes Kinderzimmer hinauf und brauchte nicht lange zu überlegen, wo jenes Objekt lag, welches nun wichtiger als alles andere war. In meinem Zimmer war noch alles so wie an dem Tag, an dem ich bei meiner Mutter ausgezogen war.

Hastig zog ich die Schublade meines Nachttisches auf, und dort zwischen kleinen Milchzähnen lag er, der Schatz, für den ich gerade eben durch den Regen gerannt war. Vorsichtig öffnete ich das kleine Kästchen. Er war noch da! Mir fiel ein Stein vom Herzen. Ich klappte den Deckel zu, steckte es in meine Hosentasche und eilte auch schon wieder zurück zum Hotel. Als ich mich wieder im Hotelflur befand, sah ich meine Mutter, meine zukünftige Schwiegermutter sowie einige Tanten und Cousinen Maries vor der Tür der Braut stehen. Alle versuchten auf sie einzureden. Meine Mutter war die Erste, die mich entdeckte, doch ihr Blick blieb an meinen nassen Hosenbeinen hängen. Ich schüttelte leicht den Kopf, um ihr zu zeigen, dass jetzt nicht der Moment für Fleckenentfernung sei. Sie verstand sofort und bat die Gruppe von Verwandten mich durchzulassen.

Zaghaft klopfte ich an. „Marie?“, fragte ich durch die Tür, hinter der ich ein Schluchzen vernehmen konnte. „Marie, ich bitte dich. Lass mich zu dir, wir werden über alles reden. Lass mich bitte rein!“ Stille. Ich spürte, wie ich immer nervöser wurde, doch dann hörte ich plötzlich ein Klicken im Türschloss. Vorsichtig öffnete ich die Tür einen Spalt breit und warf einen Blick ins Zimmer. Marie stand am Fenster und blickte hinab auf die riesige Gartenanlage. Sie trug ein seidenes Hochzeitskleid, das in unzähligen feinen Falten schimmernd zu Boden fiel. Ihr Haar hatte sie hochgesteckt, nur einzelne Strähnen fielen ihr ins Gesicht, gleich jenem Tag, an dem ich sie das erste Mal ausgeführt hatte. Sie sah zauberhaft aus. „Marie? Du musst nicht mit mir sprechen, wenn du nicht willst. Doch du sollst wissen, dass ich dich liebe, über alles, und dass ich dich nie im Stich lassen werde, egal was passiert, egal wie du dich entscheiden wirst …“

Sie erwiderte kein Wort, drehte sich nicht zu mir um. Ich war mir nicht sicher, ob sie meine Worte überhaupt gehört hatte. Ich stellte das kleine Kästchen auf die Kommode und verließ wieder das Zimmer. Draußen vor der Tür stand meine Mutter und sah mich hoffnungsvoll an. Doch ich zuckte nur mit den Schultern, woraufhin sie mich in ihre Arme schloss und fest an sich drückte. Dann löste sie sich von mir, schenkte mir ein aufmunterndes Lächeln und wandte sich von mir ab. Ich kann nicht sagen, wie lange ich vor Maries Zimmertür verharrte, doch mir schien es wie eine halbe Ewigkeit. Plötzlich hörte ich, wie die Türklinke nach unten gedrückt wurde, und vor mir stand Marie, mit verweinten Augen und dem Kästchen in der Hand, das ich in ihrem Zimmer zurückgelassen hatte. Beschämt sah sie zu Boden.

„Ich liebe dich!“, sprach sie mit bebenden Lippen.

„Komm her!“, forderte ich sie lächelnd auf und umarmte sie, ohne noch ein weiteres Wort zu verlieren. Ich war einfach nur glücklich, sie wieder bei mir zu wissen. Wie hätte ich auf sie wütend sein können? Niemand kann sein Verhalten mit Sicherheit voraussagen. Niemand weiß, wie er in unterschiedlichen Lebenssituationen reagieren wird. Doch nur jene, die sich ins Ungewisse wagen, werden es herausfinden. Nur jene, die den Mut für Veränderungen aufbringen, erhalten die Gelegenheit, sich selbst und ihre Mitmenschen wirklich kennenzulernen. Und an jenem Tag hatte Marie nicht nur sich, sondern auch die wahre Stärke unserer Liebe erkannt.

Und so kam sie, geführt von ihrem Vater, durch den Mittelgang der Kirche auf mich zu. Es war schon ein besonderes Bild, das wir beide an unserem Hochzeitstag abgaben: Ich stand völlig durchnässt am Altar, während Marie mit geröteten Augen auf mich zuschritt. Und dennoch war es ein wunderbarer Moment, und ich war mir absolut sicher, dass unsere Heirat richtig war, hatten wir beide soeben einen schweren Moment durchlebt, der uns nicht auseinandergebracht, sondern uns in unseren Gefühlen zueinander zusätzlich bestärkt hatte. Nachdem wir beide uns das Jawort gegeben hatten, verließen wir Arm in Arm die Kirche.

Als wir uns vor der Kirche für das traditionelle Familienfoto aufstellten, bemerkte ich, dass Marie ihre rechte Hand fest zu einer Faust zusammengeballt hielt. Ich sah, dass sie dies schon seit Längerem tat, denn ihre Fingerknöchel stachen weiß hervor. Sie merkte, wie ich überrascht ihre Hand betrachtete, lächelte und öffnete sie langsam. Wohlbehütet im Inneren ihrer Hand lag der kleine Apfelkern, den sie mir bei unserem ersten Treffen geschenkt und den ich ihr an unserem ersten Tag als Eheleute zurückgegeben hatte.

Unsere Hochzeit wurde zu einer jener Geschichten, die immer und immer wieder erzählt wurden, wenn wir bei Freunden und Verwandten waren. Anfangs war es für uns beide schwierig, mit anderen Menschen über diesen Moment, den ich heute als Prüfung unserer Liebe ansehe, zu lachen. Auch für Marie war es schwer, nach unserer Hochzeit mit ihrer damals empfundenen und ihr unerklärlichen Unsicherheit umzugehen. Sie plagten Gewissensbisse und sie fühlte sich schuldig, unsere Hochzeit dadurch verdorben zu haben. Doch das hatte sie keine Sekunde lang getan. Es benötigte jedoch einige Wochen und mehrerer intensiven Gespräche um auch Marie davon zu überzeugen. Wie andere Menschen darüber dachten, war uns schlussendlich egal, denn heute sind es nicht mehr unsere Freunde und Verwandten, die darüber lachen, sondern wir beide, Marie und ich. Unsere Geschichte war im Bekanntenkreis schon längst von Neueren ersetzt worden.

Mit Ausnahme von Maries Schuldgefühlen waren die Wochen und Monate, die auf unsere Hochzeit folgten, Zeiten voller Glück und Freude. Sicher stritten wir auch hin und wieder, aber jene Meinungsverschiedenheiten und Diskussionen beruhigten mich. Sie zeigten mir, dass wir beide einen eigenen Willen besaßen und keiner von uns beiden das Gefühl hatte, sich verstellen zu müssen. Ich spürte, dass wir beide Ideen realisieren wollten, dass wir beide lebendig an unserer Partnerschaft arbeiteten und dass wir im Gleichgewicht zueinander standen. Vor allem aber zeigte es mir, dass wir beide den Wunsch nach einem Übereinkommen hegten, ansonsten wären wir den Streitereien wahrscheinlich einfach aus dem Weg gegangen. Noch dazu ermöglichten diese Marie und mir, die Gedankenwelt des Anderen zu erforschen, uns in den Anderen hineinzuversetzen und ihn noch besser verstehen und kennenzulernen. Dadurch wagten wir uns auf neue gedankliche Pfade und konnten die Welt aus den Augen des Anderen betrachten. Wir bereicherten uns gegenseitig, wir lernten voneinander und miteinander, lernten das Leben und uns selbst kennen. Hierfür mussten wir jedoch nicht pausenlos beieinander sein, denn je mehr jeder von uns tat, wozu er Lust hatte, je näher fühlten wir uns dem Anderen.

Schon bald fanden wir heraus, dass eine erzwungene physische Nähe keine Garantie für die Psychische ist. Vielmehr wird das Gefühl der Verbundenheit durch das Glücklichsein gewährleistet, und um glücklich sein zu können, muss jeder sich selbst sein dürfen. Und nach diesem Motto versuchten wir unser Leben zu gestalten. Meine Mutter kam uns ab und zu besuchen und auch Paul ließ sich regelmäßig bei uns blicken. Ich war jedes Mal aufs Neue erstaunt, wie sehr sich Paul seit unserer Kindheit verändert hatte. Er war ein großgewachsener, junger Mann, selbstsicher und bodenständig, und er hatte soeben sein Jurastudium erfolgreich abgeschlossen.

Ich muss gestehen, dass ich ihn manchmal beneidete. Aufgrund meines unfreiwilligen Doppellebens war es mir nie möglich gewesen, eine feste Arbeitsstelle zu finden, und wenn ich doch einmal eine gefunden hatte, dann wurde ich meistens schon im Laufe der zweiten Arbeitswoche entlassen. Die Arbeitgeber zeigten sich wenig beeindruckt von den ärztlichen Gutachten, die ich ihnen als Grund für mein Fernbleiben vorlegte. Ich konnte ihre Entscheidung jedoch nachvollziehen, denn sie mussten sich in einem harten Wettbewerb und Konkurrenzkampf behaupten. Meine zahllosen Fehltage wurden ihnen einfach zu teuer und ich als Arbeitskraft unrentabel. Und so hatte ich mich entschlossen, von zu Hause aus zu arbeiten. Marie war mit dieser Lösung einverstanden. Sie verdiente zwar nicht viel, aber dennoch genügend, um uns beide über Wasser zu halten, und das Geld, das ich zusätzlich verdiente, erlaubte es uns, gelegentlich Kleinigkeiten zu kaufen, die wir uns sonst nicht hätten leisten können. Doch Paul machte Karriere. Er war nun ein junger, selbstbewusster Anwalt, der nach Höherem strebte. Häufig sprach ich mit Marie über meine Minderwertigkeitsgefühle Paul und vor allem ihr gegenüber, die sie jedoch stets als vollkommen unbegründet abtat. Mit den Worten „Wer könne schon von sich behaupten, zwei Leben gleichzeitig zu führen?“ versuchte sie mich dann zu trösten. Doch an manchen Tagen hätte ich nur allzu gerne mit ihnen getauscht.

Es gab nicht mehr viel, was mich hätte schockieren können, sah ich doch täglich viele unterschiedliche Menschen und deren Handlungen. Und auch wenn der Menschenstrom an manchen Tagen nachließ, so war ich dennoch nie allein. Im Frühling flatterten Schmetterlinge an mir vorbei, Bienen ließen sich auf meinen Blüten nieder und saugten deren Nektar. Im Sommer kamen die Insekten, die mit der Zeit zu meinen engsten Freunden wurden. Ameisen und Käfer fühlten sich wohl auf meinem Stamm, und mir gefiel es, sie bei und an mir zu haben. Auch im Herbst zogen meine reifen Äpfel das Leben an, Menschen wie Tiere. Nur im Winter ließ das Treiben im Park nach, dann genoss ich die herabfallenden Schneeflocken, die langen Nächte und die klaren Sonnenstrahlen. Doch dann geschah etwas, das ich noch nie zuvor erlebt hatte. Ein Mann, der schon seit geraumer Zeit mit einer auffallend grellen Jacke durch den Park lief, kam auf mich zu. In seiner Hand hielt er eine Spraydose, die er kräftig schüttelte so dass ein klackendes Metallgeräusch zu hören war. Dann hielt er sie vor mich hin und drückte auf den Sprühknopf der Dose. Ich vernahm ein leises Zischen und gleichzeitig spürte ich, wie die Rinde meines Stammes an der Stelle, an die der Mann seine Spraydose hielt, kühl wurde.

Es dauerte nicht lange, nur einige Sekunden, dann hatte der Mann sein Werk vollendet und entfernte sich wieder. Ich verstand nicht, was es damit auf sich hatte oder was er von mir wollte, und so beobachtete ich ihn argwöhnisch, wie er die Handlung, die er bei mir soeben ausgeführt hatte, an anderen Bäumen wiederholte. Er sprühte auf die Stämme ein hellgelbes, leuchtendes Kreuz. *‚Was war der Grund für das Anbringen dieser Zeichen? Warum bemalt man uns?‘* Bis ich bemerkte, dass er dies nicht bei allen von uns tat, sondern nur bei einigen. Ein ungutes Gefühl kam in mir auf, als ich begann, den Sinn dieser Kreuze zu begreifen.

Er hatte uns gekennzeichnet.

Am Freitagabend, als ich bereits im Bett lag und Marie sich ebenfalls bettfertig machte, hatte ich mir vorgenommen, sie am übernächsten Tag zu überraschen. Ich wollte ihr das Frühstück morgens ans Bett bringen. Frisch gepresster Orangensaft, Croissants und Erdbeermarmelade – ganz so, wie sie es liebte. Und so versuchte ich zwei Tage später so geräuschlos wie mir nur möglich aus dem Bett zu steigen, ohne Marie dabei zu wecken. Barfuß tappte ich über die kalten Fliesen. Mit Schuhen hätte ich sie womöglich zertreten, die zarte, rote Rose, die auf dem Boden direkt hinter unserer Schlafzimmertür lag. Verwundert hob ich sie auf und betrachtete sie. Doch mir fiel keine plausible Erklärung ein, wieso sie hier, im Flur, auf dem Boden lag. *Und woher kam sie eigentlich?* In unserer Wohnung standen lediglich Topfpflanzen und nur ganz selten dekorierten Blumensträuße die Fensterbänke. Verwirrt hielt ich die Rose in der Hand und führte meinen Weg in Richtung Küche fort, als ich unter meinen Zehen erneut einen weichen, zarten Gegenstand spürte. Erneut bückte ich mich und hob die zweite Rose auf. Verdutzt blickte ich auf das Blumenpaar in meiner Hand. *Womöglich eine versteckte Botschaft?* Am liebsten wäre ich sofort in unser Schlafzimmer zurückgekehrt und hätte Marie nach dem Grund dieser Rosen befragt, doch dann wäre die Überraschung mit dem Frühstück geplatzt. Also ging ich den Flur weiter entlang. Bis zur Küche begegnete ich keiner Rose mehr. ‚*Seltsam …*‘, dachte ich.

Ich legte beide Rosen auf den Küchentisch ab, öffnete den Kühlschrank, um die Orangen für den Saft herauszunehmen, als ich in dem Regal, in dem wir normalerweise die Butter aufbewahren, eine weitere kleine Rose entdeckte. Mit den Stunden hatte sich an der kleinen Blüten leichter Tau gebildet, was ihr ein nahezu künstliches Aussehen verlieh. *‚Ok, jetzt weiß ich aber wirklich nicht mehr weiter …‘*, ging es mir durch den Kopf. *‚Rosen im Kühlschrank???‘*

Kopfschüttelnd und schmunzelnd über die geheimnisvolle Botschaft, die Marie mir nun unmissverständlich zu übermitteln versuchte, legte ich sie zu den anderen auf den Tisch. Als ich das Marmeladenfach öffnete, stieß ich auf Rose Nummer vier. Die Fünfte lag im Schrank bei den Gläsern, Nummer sechs im Brotkasten und die Siebte im Geschirrspüler. Verwirrt nahm ich sie heraus, griff nach einer sauberen Tasse und ging damit zur Kaffeemaschine, wo ich im Kaffeefilter Nummer acht fand. Vollends durcheinander nahm ich auch diese aus ihrem ungewohnten Versteck, füllte Kaffeepulver ein und schaltete die Maschine ein, die ihre Arbeit mit Brummen und Rauschen aufnahm. Als die schwarze Flüssigkeit in die Tasse tropfte, legte ich die zuletzt gefundene Rose zum Rest meiner Sammlung.

Dann zog ich einen Stuhl hervor, auf dem ich Nummer neun entdeckte. *‚Ist sie nun völlig von Sinnen?‘*, fragte ich mich, als ich auf das Häufchen Rosen, das nun vor mir auf der Tischplatte ausgebreitet lag, starrte. Plötzlich ergab alles einen Sinn. *Das konnte doch nicht sein! Unmöglich!* Wahnsinnige Freude ergriff mich. Ich sprang auf, schnappte mir die neun Rosen und rannte damit zurück ins Schlafzimmer, wo Marie noch immer seelenruhig im Bett lag und schlief. Mein Überraschungsfrühstück war mir nun vollkommen egal. Nervös stupste ich Marie an die Schulter, doch sie reagierte nicht. Erneut versuchte ich sie zu wecken jedoch ohne Erfolg.

„Marie!“, rief ich und konnte meine Gefühle nicht länger zurückhalten. Ein Lächeln umspielte Maries Lippen, dann hob sie langsam eines ihrer Augenlider und blinzelte mir entgegen.

„Ja?“, fragte sie mich scheinheilig.

„Marie, die Rosen! Die Rosen … es … es sind neun Rosen!“ Marie lachte. „Ja und?“, fragte sie mit gespielter Unschuldsmiene. „Ist … ist es das, was ich denke?", stammelte ich aufgeregt. Ihre Augen leuchteten, dann nickte sie langsam. Ich kann Ihnen, lieber Leser, die Freude, die ich an jenem Sonntagmorgen empfand, nur schwer beschreiben. Neun Rosen, neun Monate. Marie war schwanger, in einigen Monaten würden wir zu einer richtigen, kleinen Familie werden.

Ich umarmte und küsste sie innig. Ein kleines Wesen, entstanden aus unserer gegenseitigen Liebe, trug meine Frau in sich. Ein kleiner Mensch, den Marie und ich hervorgebracht hatten. Aus zwei Ganzen ein neues, einzigartiges Ganzes. Es war ein wunderbares Gefühl zu wissen, dass wir beide einen neuen Menschen erschaffen hatten oder ihm zumindest die Möglichkeit geben durften, bei uns das Licht der Welt zu erblicken. Und ich nahm mir vor, für das Leben, das in Marie zu gedeihen begann, der beste Vater der Welt zu sein.

Die frohe Nachricht über Maries Schwangerschaft verbreitete sich wie ein Lauffeuer in unseren beiden Familien. Meine Mutter war überglücklich und gab Marie Ratschläge, wie sie gegen die gewöhnliche Morgenübelkeit vorgehen sollte, während Maries Mutter uns in die alten Überlieferungen einwies, wie man das Geschlecht des Kindes beeinflussen kann. „Wenn ihr einen Jungen wollt, so musst du viel Gemüse essen! Bei einem Mädchen eher Milchprodukte!", riet sie Marie, als wir alle im Wohnzimmer meiner Mutter beisammen saßen und auf den Neuankömmling mit teurem Sekt anstießen. Nur Marie musste sich mit einem Glas Orangensaft zufriedengeben. Die Vorfreude ließ unsere Wangen glühen. „Was würdet ihr euch denn wünschen, einen Jungen oder ein Mädchen?", fragte mich mein Schwiegervater neugierig. Ich sah Marie an, dann antwortete ich: „Ich will ein gesundes Kind, das reicht mir völlig. Marie und ich haben uns dazu entschlossen, dass wir das Geschlecht des Kindes nicht vor der Geburt erfahren wollen. Es ist unser Kind, was sie in sich trägt, und wir wollen uns als solches darauf freuen. Wir wollen es nicht schon vor dessen Ankunft auf Erden in eine Rolle zwängen, wir möchten nicht an das Kind als Mädchen oder

Jungen denken, sondern einfach nur als unser Kind. Und als solches werden wir es lieben und großziehen."

Die Enttäuschung in den Gesichtern von Maries Eltern war nicht zu übersehen, doch so hatten wir es nun mal beschlossen. Meine Mutter lächelte.

„Also keinen Blau- oder Rosaanstrich fürs Kinderzimmer?", neckte sie mich. Ich lächelte ebenfalls. „Nein, kein Blau oder Rosa. Einfach nur hübsch und gemütlich", entgegnete ich ihr. Ich wusste, dass meine Mutter unsere Entscheidung nur zu gut verstand, da sie und mein Vater es während ihrer Schwangerschaft ebenso gehandhabt hatten.

„Und ihr seid wirklich nicht neugierig?", hakte meine Schwiegermutter nach.

„Kein bisschen!", antwortete Marie und musste über die Hartnäckigkeit ihrer Mutter schmunzeln.

„Na schön, dann werden wir uns ebenfalls noch etwas gedulden müssen ...", beendete diese das Gespräch schmollend.

Dann begaben wir uns zu Tisch. Meine Mutter hatte sich in ihren Kochkünsten wieder einmal selbst übertroffen. Nachdem sie eine Unzahl an dampfenden Töpfen vor uns auf den Tisch abgestellt hatte, sah sie uns zufrieden an.

„Deine Frau muss genügend zu sich nehmen, damit das kleine Etwas in ihrem Bauch wachsen kann!", sprach sie an Marie gerichtet, die voller Genuss die aus den Töpfen aufsteigenden Gerüche einsog.

„Wenn es nur halb so gut schmeckt, wie es riecht, dann mach ich mir darum keine Sorgen!", entgegnete sie und fing auch schon an, sich Löffel um Löffel von Fleisch, Gemüse und Kartoffeln auf ihren Teller zu nehmen. Nach dem Essen ließen wir uns im Wohnzimmer seufzend in die gemütlichen Sessel meiner Mutter fallen. Es dauerte nur wenige Minuten bis Maries Vater laut schnarchend neben uns auf der Couch einnickte. Unsere Mütter standen derweil in der Küche und kümmerten sich schwatzend um den Abwasch.

Ich saß neben Marie und sah sie an. Ihre Augen strahlten. Nie zuvor hatte ich in jenen Augen solche Ruhe, solche Wärme gesehen. Sie lächelte. „Gib mir deine Hand!“, befahl sie mir sanft. Vorsichtig reichte ich sie ihr und sah zu wie sie sie behutsam auf ihren Bauch legte.

„Spürst du es?“, fragte sie mich. Ich weiß nicht, ob ich damals tatsächlich bereits die Bewegungen unseres Kindes durch die Bauchdecke Maries fühlen konnte, doch ich glaubte es zumindest und konnte unser Glück immer noch nicht so richtig fassen. Ich spürte, wie meine Augen feucht wurden. Sanft strich mir Marie mit ihrer linken Hand über die Wange.

„Ich liebe dich!“, hauchte sie mir zu. Ich lächelte lediglich, war zu bewegt, um ihr antworten zu können. Ich wollte im Wohnzimmer meiner Mutter nicht losheulen, auch wenn es Freudentränen gewesen wären. Und so war mein Lächeln alles, was ich in jenem Moment zustande brachte.

„Komm!“, meinte Marie plötzlich. „Es gibt noch jemanden, dem wir unser Kind vorstellen müssen!“, fuhr sie fort, sprang vom Sofa auf und versuchte mich von der ledernen Sitzfläche hochzuziehen. Verdutzt sah ich sie an. „Und wer sollte das sein?“, fragte ich sie begriffsstutzig.

„Komm schon, du wirst schon sehen!“, versuchte sie mich auf die Beine zu bekommen. Und so schlüpften wir in unsere Jacken und verließen das Haus. In dem Moment sah ich wieder Marie vor mir stehen, wie sie vor Jahren vor dieser Haustür, in ihrem dunkelblauen Sommerkleid, stand, um mich zu unserem ersten gemeinsamen Ausflug in den Park abzuholen. *‚Und heute treten wir zu dritt über diese Schwelle‘*, dachte ich unendlich glücklich.

„Wo willst du hin?“, versuchte ich ihr erneut ein paar Informationen unseren Zielort betreffend zu entlocken. Doch sie lächelte nur.

„Komm schon, es wird bald dunkel!“ Wir gingen die Straße entlang, auf der ich so oft als kleiner Junge mit Paul Fußball oder Räuber und Gendarm gespielt hatte. Die Straße, die ich mit meinem teuren Smoking am Tag unserer Hochzeit entlang gerannt war. Heute spazierten wir gemächlich nebeneinander her. Ich war verwirrt, hatte noch immer keinen Schimmer, wohin

Marie gehen und vor allem wem sie unser Kind zeigen wollte. Und so folgte ich ihr, bis mir plötzlich klar wurde, wer noch nichts von unserem Glück wusste, jemand, der mir doch Tag und Nacht so nah war: meinem Baum.

Die Farbe, die nicht nur auf meinem Stamm, sondern mittlerweile an allen Bäumen angebracht worden war, begann bereits abzubröckeln. Überall lagen kleine gelbe Stückchen Baumrinde zwischen den Grashalmen. Wir alle waren eindeutig gebrandmarkt worden mit diesen grellen Kreuzen, mit welchen wir nicht nur tagsüber, sondern vor allem auch nachts als Merkmale inmitten unserer einst so ruhigen und friedvollen Wiese gut zu erkennen waren. Mir war mulmig zumute. Obwohl mir die genaue Bedeutung dieser Zeichen unbekannt war, hatte ich dennoch ein ungutes Gefühl. *‚Warum gerade wir, die Bäume, die hier seit Jahren wachsen? Warum waren nicht die Parkbänke oder Mülleimer mit solchen Kreuzen bemalt worden? Was unterschied uns von den Anderen? Von den Blumen, dem Gras oder den Hecken, die uns umgaben, die jedoch nicht mit dieser dicken, klebrigen Farbe besprüht worden waren? Was konnten diese Kreuze nur bedeuten?‘* Ich konnte keine zufriedenstellende Antwort finden. Und so stand ich dort, Tag und Nacht, ließ Ameisen und Käfer an mir hoch- und runterklettern, Würmer in die Äpfel, die meine Äste trugen, kriechen, Frauen ihre Kinderwagen an mir vorbeischieben, und blickte der Zukunft ängstlich entgegen.

Ich konnte sie schon von Weitem sehen und merkte, dass auch Marie auf sie aufmerksam geworden war. Sie griff nach meiner Hand, die genauso kalt und feucht wie die Ihre war. Vorsichtig näherten wir uns dem Baum, mit dem ich meine Lebenszeit auf Erden teilte, und starrten auf das hässliche, gelbe Kreuz, das man an mir angebracht hatte. Zitternd fuhr Marie mit ihren Fingern über die Farbe. Kleine Farbkrümel blieben an ihrer Fingerspitze hängen, die sie wortlos betrachtete. Dann hob sie den Kopf und sah mich ängstlich an. „Was hat das zu bedeuten?“, fragte sie mich mit trockener Kehle.

Nachdem ich meinen Blick vom Stamm meines Baumes abgewendet hatte, entdeckte ich immer und immer mehr dieser Kreuze.

Die Sonne war schon hinter den Hügeln verschwunden, doch die Kreuze schimmerten durch das einfallende Mondlicht wie gelbliche Dämonen, die wortlos jeden unserer Schritte beobachteten.

„Was hat es mit diesen Kreuzen auf sich?", wiederholte sie ihre Frage, wobei sich ihre Stimme überschlug.

Obwohl ich in meinem tiefsten Inneren bereits die Antwort auf ihre Frage wusste, schaffte ich es nicht, meine Befürchtung in Worte zu fassen.

Und so antwortete ich ihr schlicht: „Ich … weiß es nicht …", und sah in ihre angsterfüllten Augen. Da spürte ich, dass auch Marie bereits die Antwort kannte, sie sich diese jedoch ebenso wenig eingestehen wollte und konnte, wie ich es tat. Plötzlich verwandelte sich ihre Angst in Wut, tiefe Falten bildeten sich auf ihrer Stirn und ihre Augen verengten sich zu kleinen Schlitzen.

„Ich werde morgen zum Bürgermeister fahren und nicht eher Ruhe geben, bis ich weiß, was hier vor sich geht!" Ihre Entschlossenheit überraschte mich und so sah ich sie verwundert an. „Ich meine es ernst! Ich will wissen, was es mit diesen scheußlichen Zeichen auf sich hat!" Obwohl ich mir noch unsicher über den Sinn und Nutzen ihres Vorhabens war, stimmte ich ihr dennoch kopfnickend zu.

„Ja … mach das …", stammelte ich, ging auf meinen Baum zu und schloss ihn in meine Arme.

Ich kann nicht sagen, wie lange ich in dieser Position verharrte, ich spürte nur, wie mich Marie plötzlich am Ärmel zupfte.

„Komm, wir gehen!", meinte sie traurig. Der mittlerweile strahlende Mondschein ließ die Tränen in ihren Augen wie weiße Diamanten funkeln.

Was am darauffolgenden Tag passierte, weiß ich nur aus Maries Schilderungen. Ich verbrachte ihn im Park, in dem, wie fast an jedem Tag, die unterschiedlichsten Menschen herumspazierten. Morgens gut situierte junge Frauen und Männer, die vor ihrem Arbeitsbeginn noch schnell ihre allmorgendliche Joggingrunden absolvierten, nachmittags ältere Menschen, die auf den Parkbänken Platz nahmen und gedankenverloren auf den Kiesweg starrten. Doch Marie ließ in ihrer Erzählung keinen einzigen Punkt aus, und so kann ich Ihnen, lieber Leser, alles so wiedergeben, als hätte ich es selbst erlebt, all jene Bemühungen und Anstrengungen selbst unternommen. Marie war gleich am Morgen nach unserem Besuch im Park und der Entdeckung der Kreuze an den Bäumen zum Gemeindeplatz gefahren und hatte sich so lange vor das Büro des Bürgermeisters postiert, bis dieser eingewilligt hatte ihr einige Minuten seiner kostbaren Arbeitszeit zu opfern.

Am Anfang habe er irritiert auf Maries Fragen reagiert, sich gewundert, warum eine junge, schwangere Frau ein solches Interesse an diesen alten Bäumen hatte. Er sah jedoch nicht ein, warum er ihr eine Antwort schuldig sein sollte. Doch da Marie keineswegs daran dachte, nach- und aufzugeben, entschloss er sich kurzerhand, ihr reinen Wein einzuschenken. Was Marie dann erfuhr, sollte unser Leben für immer verändern.

„Die werden abgemacht, zu Kleinholz verarbeitet", erklärte er ihr kurz und bündig. Als er jedoch Maries Gesichtsausdruck bemerkte, schien er sich zu weiteren Erklärungen genötigt. „Wissen Sie, die Anzahl der Bewohner unseres Dorfes steigt stetig an. Wir wissen nicht mehr, wie wir die Leute unterbringen sollen und vor allem wo. Und so haben wir uns entschlossen, dass der Park umfunktioniert werden soll. Die Bäume müssen weg und die Spazierwege müssen verschwinden, damit wir dort Mehrfamilienhäuser errichten können. Ich sehe, dass Sie diese Entscheidung nicht billigen, aber glauben Sie mir, mir gefällt dies ebenso wenig wie Ihnen, doch es geht nun mal nicht anders. Die Menschen brauchen Platz zum Leben, und der Park ist der perfekte Platz für dieses Projekt."

„Da irren Sie sich! In jedem einzelnen Punkt, den sie mir gerade aufgeführt haben!", entgegnete Marie ihm schroff. Sie spürte, wie ihre Beine weich wurden und ihr Mund trocken. „Sie dürfen diese Bäume nicht fällen, unter keinen Umständen!" Der Bürgermeister lächelte nur milde. Wieder eine dieser Umweltschützer, die versuchen werden, sich ihm und seinen Plänen in den Weg zu stellen.

„Hören Sie, Marie ..., entgegnete er seufzend, „ich verspreche Ihnen, dass wir die gleiche Anzahl an Bäumen, die wir fällen müssen, wieder an einem anderen Platz anpflanzen werden. In einigen Jahren werden sie sogar noch größer und dicker sein als diese alten, kranken Bäume, die momentan im Park stehen. Glauben Sie mir, wir sorgen uns ebenso sehr um die Natur und dessen Gleichgewicht wie Sie es tun!"

„Diese Bäume werden nicht gefällt! Verstehen Sie denn nicht? Es sind nicht nur Bäume, die man wie Spielsteine vom Spielfeld nimmt und durch neue an einem anderen Platz ersetzen kann! Es sind Lebewesen wie Sie und ich. Ob krank oder alt, jeder von ihnen hat ein Recht auf den Platz, an dem sein Samenkorn vor Jahren den Boden berührt hat. Sie denken vielleicht, was ändert es für die Menschen, wenn dort ein Apfelbaum mehr oder weniger steht wo doch noch so viele Bäume in unserer Gegend wachsen. Ich sage es Ihnen: es ändert ganze Leben! Töten Sie auch einfach eine alte Frau und erklären den Familienangehörigen dann, dass Sie sich doch schnell ein neues Familienmitglied anschaffen könnten? Ist das Leben für Sie so einfach? Sind die Regeln so leicht abänderbar?" Der Bürgermeister sah Marie skeptisch an und tippte mit den Fingern auf die Arbeitsplatte seines Büros, ein klares Zeichen für das nahende Ende seiner Geduld, sowie des Gesprächs.

„Ich weiß, Sie halten mich für eine jener besessenen Umweltschützer, die alles daransetzen werden, um ihr Projekt zu kippen. Und wissen Sie was, Sie haben recht! Genau das werde ich tun! Diese Bäume werden nicht gefällt oder Sie werden mich ebenfalls töten müssen!" Ihre Arme und Beine begannen zu zittern. Ihr ganzer Körper erbebte buchstäblich unter den Gefühlen von Angst und Verzweiflung, die Marie verspürte.

„Marie …", versuchte sie der Bürgermeister mit versöhnlicher Stimme zu beruhigen. „Ich bitte Sie … Sie müssen doch einsehen, dass das Wohlergehen mehrerer hundert Menschen Vorrang haben muss!"

Doch Marie wollte diese Worte, die sich wie Tausende von Messerstichen anfühlten, nicht hören. „Sie werden Sie nicht fällen!", wiederholte sie nun mit fester Stimme, nachdem sie sich über den Schreibtisch des Bürgermeisters gelehnt hatte und sich nun nur noch wenige Zentimeter vor dessem Gesicht befand.

„Niemals!“, fügte sie dem noch in bedrohlichem Tonfall hinzu, erhob sich von ihrem Stuhl und ging auf die Tür des Büros zu. Sie drehte sich noch ein letztes Mal um und sah dem Bürgermeister, der vollkommen verdutzt in seinen Stuhl versunken zu sein schien, in die Augen, ergriff dann die Türklinke und verließ das Büro.

Immer noch starrte der Bürgermeister auf den offenen Türrahmen, durch den Marie wutentbrannt verschwunden war, und dachte über die Worte der jungen Frau nach. *Vielleicht hatte Sie ja recht? Vielleicht darf man ja tatsächlich nicht mit Bäumen, Tieren und Pflanzen umspringen, wie man gerade Lust hat? Sind es denn vielleicht wirklich Lebewesen wie wir?* Plötzlich schrillte das Telefon auf seinem Bürotisch. Gedankenverloren nahm er den Anruf entgegen. „Hallo?“, meldete er sich mit belegter Stimme.

„Wir haben die Pläne, alles ist vorbereitet. Wenn Sie wollen, können wir in den nächsten Tagen beginnen!“, vernahm er die ihm mittlerweile vertraute Stimme des Bauleiters. „Bestellen Sie die Bagger!“, ordnete er an und spürte, wie sich seine noch vor wenigen Sekunden empfundenen Gewissenbisse wieder in Luft auflösten und er wieder zu seiner altgewohnten Sicherheit zurückfand.

„Für wann wollen sie Sie haben, Chef?“, fragte der Bauleiter. Für einen Sekundenbruchteil sah er wieder Marie, nah an seinem Gesicht, wie sie versucht hatte ihn einzuschüchtern. Ausgerechnet ihn! Den Bürgermeister dieser Stadt, der seit Kindertagen auf Freundschaften, von denen er sich keinen Vorteil erhoffen konnte, gerne verzichtet hätte. Er, welcher ohne Rücksicht auf Verluste alles unternommen hatte, um es an seine aktuelle Stellung als Bürgermeister zu schaffen. Diesen Mann wollte diese junge Frau stoppen? Ein verächtliches Lächeln huschte über seine Lippen.

„Für morgen!“, antwortete er dem Bauleiter bösartig.

Kurz nachdem Marie das Gemeindegebäude verlassen hatte, wurde sie von ihren Gefühlen der Angst und Verzweiflung überwältigt. Es musste doch jemanden geben, der ihr helfen konnte und vor allem helfen wollte. Da fiel ihr plötzlich Paul ein. Als Anwalt würde er sich mit Sicherheit für seinen ehemaligen besten Freund einsetzen, und so machte sie sich auf den Weg zu dessen Kanzlei.

Es war das erste Mal seit ihrer Hochzeit, dass sie Paul wiedersah, und hätte sein Name nicht eingraviert auf einer Messingplatte an der Eingangstür gestanden, hätte sie Paul nicht wiedererkannt. Mit teurem, maßgeschneidertem Anzug saß er hinter seinem schweren Bürotisch aus Marmor und sah sie neugierig, jedoch innerlich, so schien es ihr, distanziert an.

„Du musst mir helfen, Paul! Ich weiß nicht mehr weiter ...", platzte es aus ihr heraus, womit sie die aktuelle Lage, in der wir uns befanden, trefflich zusammenfasste. Dann erklärte sie ihm unsere Not. Er schwieg einige Minuten und ließ den Blick über das teure Büromobiliar schweifen. Hierfür hatte er gearbeitet, hatte er gekämpft. Er hatte es zu Ansehen und einem stattlichen Vermögen gebracht, hatte Menschen verteidigt, die ihm manchmal zuwider gewesen waren, ihm jedoch ein ordentliches Honorar eingebracht hatten. Er hatte sich aus seiner ehemaligen gesellschaftlichen Position hochgearbeitet und konnte nun jenen Lebensstil pflegen, von dem er immer geträumt hatte. *Sollte er nun für seinen Freund aus Kinder- und Jugendtagen dies alles aufs Spiel setzen? Sollte er sich mit dem Bürgermeister anlegen? Sollte er seine Zukunft riskieren, seine materielle und finanzielle Lage in Gefahr bringen, indem er sich gegen die gesamte Stadt auflehnte?* Und so antwortete er Marie, den Blick auf seine manikürten Hände gerichtet: „Es tut mir leid, aber ich kann dir nicht helfen. Was sollte ich anfechten? Die Papiere sind unterschrieben, alles ist vorbereitet, alles ganz legal. Es tut mir leid, Marie, aber in diesem Fall sind mir die Hände gebunden." Wut und Verzweiflung machten sich in Marie breit, vor allem jedoch Entsetzen über den Menschen, zu dem Paul mit der Zeit geworden war.

„Wer bist du, Paul? Zu was hat man dich gemacht?", entgegnete sie ihm und hätte ihn am liebsten geohrfeigt, in der Hoffnung, ihn so wieder zur Vernunft zu bringen. Doch sie beherrschte sich, erhob sich aus dem schwarzen Ledersofa und verließ wortlos die Kanzlei, die mit ihrem Marmor, Leder und Chrom nun nur noch Kälte und Herzlosigkeit ausstrahlte.

Als sie das Gebäude verlassen hatte, konnte sie ihre Gefühle der Hilflosigkeit nicht mehr unterdrücken. Dicke Tränen liefen ihr über die Wangen. Ein älterer Mann, der soeben das Café, das sich gegenüber der Kanzlei befand, verließ, kam sogleich mit besorgtem Blick auf sie zu.

„Kann ich Ihnen helfen, junges Fräulein?“, erkundigte er sich freundlich bei ihr. Marie sah ihn für einen kurzen Moment an, dann wendete sie den Blick wieder ab.

„Ist Ihnen etwas passiert?“, bohrte der alte Mann hartnäckig weiter.

„Haben Sie schon einmal einen Menschen, den sie über alles geliebt haben, ein Wesen, das praktisch zu ihrem Lebensinhalt geworden ist, verloren?“, fragte sie ihn verbittert. Einige Sekunden, die Marie vorkamen wie Minuten, sah der Mann sie einfach nur an, dann antwortete er ihr kaum hörbar: „Vor einigen Jahren ist meine Frau verstorben, wenn es das ist, was Sie meinen …“ Marie sah zu ihm auf, blickte in seine himmelblauen Augen, die sein wahres Alter nicht verraten wollten und die sie nun mitfühlend ansahen.

„Woran ist sie gestorben?“, fragte Marie und wunderte sich selbst über ihre Kühnheit, war sie im Umgang mit fremden Menschen doch sonst eher zurückhaltend. „Lungenkrebs …“, erklärte der Mann, „die Luft in dieser Stadt wird von Tag zu Tag schlechter. Die Busse, die Flugzeuge, die Fabriken … man versucht uns weiszumachen, dass das Leben leichter wird mit diesen neuen Erfindungen und den sogenannten Hilfsmitteln, die die großen Firmen produzieren, doch in Wahrheit bringen sie uns um … Früher war das noch anders, früher stand hier ein großer, dichter Tannenwald und unsere Häuser standen mittendrin. Heute wird alles zubetoniert. Doch wer reinigt unsere Luft? Wer sorgt dafür, dass uns noch saubere Luft zum Atmen bleibt? Meine Frau hat nie irgendjemandem etwas zuleide getan und dennoch musste ich über Monate hin mitansehen, wie sie langsam von mir Abschied nahm …“ Doch dann schien er plötzlich wieder die Präsenz Maries wahrzunehmen und bemerkte die Trauer der vor ihm stehenden Frau, und so wandte er sich ihr wieder zu: „Entschuldigen Sie mich, ich wollte sie nicht mit meiner Geschichte belästigen. Verzeihen Sie mir, wenn ich frage, aber … ist oder wird jemand, den Sie lieben, sterben?“

Zaghaft nickte sie und wandte sich traurig von ihm ab.

Sie drehte den Schlüssel im Schloss und öffnete die Tür. In der Wohnung war es still. Vorsichtig streifte sie ihren Mantel ab und legte ihn über den Kleiderständer, der bereits von unzähligen aufgestapelten Schals und Jacken im Flur unserer kleinen Wohnung überquoll. Dann öffnete sie die Tür unseres Schlafzimmers, in dem ich in unserem gemeinsamen Bett wie in Trance lag und tief und fest schlief. Sie spürte, wie ihr erneut Tränen in die Augen stiegen. Sie beobachtete mich einige Minuten und lauschte meinen regelmäßigen Atemzügen. Obwohl ich ihr in jenem Moment körperlich so nah war, war ich dennoch so weit von ihr entfernt. Ich war nicht für sie da und so musste sie die Last, die sie an jenem Morgen in sich verspürte, alleine tragen. Verliebte Menschen geben sich häufig das Versprechen, immer füreinander da zu sein, den anderen nie alleine zu lassen, in guten wie in schlechten Zeiten. Bei uns war das anders. Unsere Liebe war ehrlich und rein, wie es sie nur noch selten gibt. Und dennoch ließ ich sie oft alleine, war genötigt, sie schwere Momente alleine durchstehen zu lassen, während ich in unserem Ehebett lag und schlief. Obwohl Marie mir jedes Mal versicherte, sie habe keine Probleme damit und könne dadurch auch zwei Lebewesen gleichzeitig lieben, mache ich mir heute oft Vorwürfe. So wie es mir bestimmt war meine Lebenszeit auf zwei Körper und zwei Standorte zu verteilen, so musste auch Marie mich teilen und sich mit jenen Tagen, an denen ich wieder in die Rolle des Ehemannes schlüpfte, zufriedengeben. Heute frage ich mich oft, was sie wohl getan hätte, wenn nicht meine Mutter gewesen wäre, die ihr, im Gegensatz zu mir, immer zur Seite stand. So auch an jenem Morgen. Nachdem Marie ihre Tränen getrocknet hatte, griff sie zum Hörer und wählte die Nummer meiner Mutter.

Nach kurzem Klingeln hörte sie ihre beruhigende Stimme am anderen Ende der Leitung. „Was ist passiert?“, fragte meine

Mutter, ohne auch nur die Begrüßung Maries abzuwarten. Sie besaß eine Fähigkeit, die mir noch heute wie ein Wunder erscheint. Sie spürte die Gefühle und Gedanken ihrer Mitmenschen, fast so, als könne sie diese vor ihrem geistigen Auge sehen, ohne auch nur ein Wort des Anderen gehört zu haben. In meiner Kindheit erleichterte es mir ihre Gabe oft, schwierige Themen mit ihr zu besprechen, später erschwerte dies mir aber auch gleichermaßen die Geheimhaltung meiner jugendlichen Pläne.

An jenem Morgen war es Marie jedoch eine Hilfe, denn beim Versuch, meiner Mutter die Fakten zu schildern, die sie in den letzten Stunden zusammengetragen hatte, spürte sie, wie sich ihre Kehle zuschnürte.

„Sie …“, versuchte sie, das Unaussprechliche, das Undenkbare in Worte zu fassen, „sie wollen ihn töten …“ fuhr sie schluchzend fort. Meine Mutter hörte was Marie sagte, verstand es jedoch nicht. „Ich komme sofort zu dir … setz dich in die Küche und mach dir einen Kaffee … in zwei Minuten bin ich da!“, versuchte sie Marie zu beruhigen. Für die Zeit, die sie bis zu unserer Wohnung benötigen würde, gab sie ihr feste Anweisungen, um sie so von unüberlegten Handlungen abzuhalten.

„Danke …“, wimmerte Marie in den Hörer, bevor sie ihn wieder an seinen gewohnten Platz zurücklegte. Dann ging sie in die Küche und versuchte, wie ihr geheißen, sich eine Tasse Kaffee zuzubereiten. Doch ihre Gedanken waren weit, weit weg von der Maschine, in die sie eine kleine Filtertüte steckte, ohne jedoch Kaffeepulver oder Wasser einzufüllen.

Sie bemerkte es nicht einmal, sondern saß am Küchentisch und starrte unentwegt aus dem Fenster mit Ausblick auf die neue Siedlung, die erst vor einigen Monaten quer gegenüber fertiggestellt worden war. *‚Hätte unsere Wohnung doch nur einen Garten‘*, dachte Marie entmutigt, *‚und sei er noch so klein … wir würden dich behutsam ausgraben, deine Wurzeln einpacken und dich hier zu uns bringen, wo niemand uns stören würde, wo niemand unser Glück gefährden könnte. Wir würden hier zusammen alt werden, so wie wir es uns versprochen hatten …‘* Langsam erhob sie sich vom Stuhl und trat näher an das Fenster heran. *‚Doch alle Grünflächen haben sie* *zubetoniert, zu Garagen oder deren Einfahrten umfunktioniert, und jetzt musst du sterben, weil ich dir nicht mehr helfen kann ...*'. Dann machten ihre Gedanken einen Zeitsprung zurück zu dem Jahr, in dem sie sich kennengelernt hatten und die Welt für sie beide noch in Ordnung gewesen war. Sie sah sich wieder vor der Haustür meiner Mutter stehen, als junges Mädchen in ihrem blauen Sommerkleid, das sie sich heimlich und speziell für diesen Anlass gekauft hatte.

Dann verblasste jener Moment und vor ihrem inneren Auge liefen nun Szenen ihres Hochzeitstages ab, die Regentropfen, die von der Gartendekoration zu Boden gefallen waren, ihre Ängste, als sie sich in ihrem Zimmer eingeschlossen hatte, und die verzweifelten Worte ihres Verlobten, der vor ihrer Zimmertür versucht hatte, sie von der Wahrhaftigkeit seiner Gefühle zu überzeugen.

Ein zartes Lächeln huschte bei all diesen Gedanken über ihre Lippen. Gemeinsam hatten sie schon viele Hürden genommen, und diese würden sie ebenfalls gemeinsam bewältigen. Sie konnte mir noch helfen, denn sie liebte mich, und sie wusste, dass ich sie ebenso liebte. Den Beweis unserer Gefühle trug sie unter ihrem Herzen und sie spürte, wie sich das kleine Lebewesen in ihrem Inneren zu bewegen begann. Zärtlich legte sie ihre Hand auf die Rundung ihrer Bauchdecke. Dann klingelte es an der Haustür und bevor Marie sie vollständig geöffnet hatte befand sie sich bereits in den starken Armen meiner Mutter. „Wir schaffen das ...“, flüsterte meine Mutter ihr ins Ohr, während sie Marie fest an sich drückte, „mach dir keine Sorgen, wir lassen uns nicht so einfach unterkriegen!“ Dann gingen beide Frauen in die Küche und Marie holte die Versäumnisse an der Kaffeemaschine nach. So saßen beide nach einigen Minuten am Küchentisch, jede mit einer Tasse Kaffee in der Hand, und brüteten gemeinsam über ihren anstehenden Gegenangriff.

Langsam öffnete ich die Augen und sah mich um. Vereinzelt fielen Sonnenstrahlen durch das Fenster in unser Zimmer und ließen die Umrisse unserer Möbel erkennen. Ich blickte zu meiner

Rechten und sah Marie neben mir im Bett liegen. Sie war noch angezogen, neben ihr lag das Telefonbuch mit den Nummern unseres Stadtteils aufgeschlagen, in ihrer Hand hielt sie ein zerknülltes Taschentuch.

Behutsam legte ich die Decke zur Seite und kletterte aus dem Bett. Ich ging in die Küche und wollte uns Frühstück machen, als mir ein Blatt Papier auffiel, das bis zum Rand vollgeschrieben mit unzähligen Telefonnummern und Namen verschiedenster Umweltorganisationen war. Erst in dem Moment wurde mir bewusst, was in den letzten Stunden, die ich als Baum im Stadtpark verbracht hatte, bei uns zu Hause stattgefunden haben musste. Erst in dem Moment wurde mir der Ernst der Lage, in der ich mich befand, bewusst. Ich starrte noch immer auf die Nummern, Ziffern und Namen, als Marie plötzlich neben mir stand.

„Wir haben etwas vorbereitet, deine Mutter und ich“, versuchte sie mir den Sinn jener Liste mit geröteten Augen zu erklären. „Ich war beim Bürgermeister ...“, fuhr sie fort, „... und bei Paul.“

Doch weiter kam sie nicht und ich bemerkte, wie sich ihre wunderschönen, schwarzen Augen erneut mit Tränen zu füllen begannen. Es war keiner weiteren Worte nötig um mir bewusst zu machen, wie es um mich, um uns, stand, und so schloss ich sie in meine Arme. Doch sie wollte mir erzählen, was sich bei Paul, meinem besten Freund, zugetragen hatte, musste es mir schildern, musste sich Luft machen, und so hörte ich ihr aufmerksam zu.

„Er sagte, es sei sinnlos gegen die Anordnungen des Bürgermeisters vorzugehen!“, begann sie schluchzend und frustriert, „Keinen Sinn! Wie kann er nur so etwas sagen? Er ist doch Anwalt, er ist doch dein Freund, wie kann er sich einfach einem Stapel abgestempelter und unterschriebener Papiere beugen?“. Frustriert senkte sie den Blick.

„Mach dir keine Sorgen ... wir werden kämpfen, auch ohne die Hilfe anderer. Ich lasse dich nicht alleine ... Ihr braucht mich doch, du und unser Kleines ... mich wird man nicht so einfach los!“, versuchte ich sie zum Lächeln zu bringen. Doch sie lächelte nicht sondern drückte sich fest an meine Brust, meinen Bauch und meine Beine. Und so standen wir da, eng umschlungen, in unserer Küche, minuten- oder stundenlang, ich kann es nicht mehr genau sagen. In dem Moment war es mir egal. Wir genossen die körperliche wie geistige Nähe, in der wir uns in jenem Moment befanden. Sie tat uns gut und sie gab uns die Kraft, die wir für die nächsten Tage brauchen würden.

Winzige Regentropfen, die der Wind durch den Park fegte, prallten hart an meinem Baumstamm ab. Obwohl es bereits kurz vor Mittag war, blieb es dunkel. Die Sonnenstrahlen vermochten die dicke graue Wolkendecke, die bedrohlich tief über uns hing, nur schwerlich zu durchdringen. Es war kalt und unter dem Gewicht des windgepeitschten Regens neigten sich meine Äste tief dem Boden entgegen. Auch meine Freunde schienen unter dem Unwetter zu leiden. Es war ein trostloser Anblick, wie wir da mit unseren gelben Kreuzen im Wind hin und her schwankten und die Wassermassen unser Holz schwarz schimmern ließen.

Der Park war leer. Kein einziger alter Mann ließ sich auf den Parkbänken nieder, keine Mutter schob ihren Kinderwagen über den Kiesweg. Mich überkam das Gefühl auf dieser Erde unerwünscht zu sein. Die Natur fordert, dass wir stark sind, sie setzt uns ihren Launen aus, um zu prüfen, wer sich von uns ein Weiterleben erkämpft hat. Jeder, der diesem Wetter nicht standhalten kann, muss seinen Lebensraum für andere, stärkere und lebenswilligere Bäume hergeben. Wir hatten mit jenen Widrigkeiten kein Problem, denn wir hatten über die Jahre gelernt, mit diesen harten Bedingungen und Herausforderungen umzugehen. Doch nun wurde dieses natürliche Gleichgewicht gestört. Es war nicht die Natur, die diesmal die Auswahl traf zwischen jenen, die überleben durften, und denjenigen, denen dies verwehrt blieb, sondern ein anderes Lebewesen, das sich das Recht genommen hatte, sich mit der Natur gleichzustellen und deren Macht gnadenlos an sich zu reißen.

All dies wurde mir bewusst als ich die ersten Bauarbeiter mit ihren blauen Anzügen in unserem Park umherlaufen sah, gefolgt von schweren gelben Baggern, die in unseren Lebensreich mit ohrenbetäubendem Lärm und stinkenden blauen Rauchschwaden eindrangen. Wie Sie wissen, war es nicht die erste Begegnung, die ich mit diesen Zeitgenossen machte, und so wusste ich, dass ihre Präsenz hier mitten unter uns ein schlechtes Zeichen war.

Als ich das erste Knacken und Knirschen von Holz vernahm, wurde meine Vorahnung bestätigt. Ich sah zu ihnen hinüber, genau in dem Moment als das Blätterdach einer Birke erzitterte, dann der lange, weiß gefleckte Stamm brach und der Baum krachend zu Boden fiel. Ein tiefer Schmerz durchfuhr mein Innerstes. Tausend Fragen schossen mir durch den Kopf. *‚Warum? Was haben wir den Menschen angetan? Weshalb töten sie uns? Warum stellen sie sich über uns und nehmen uns das Recht zu leben?‘* Doch mir war bewusst, dass mir niemand diese Fragen beantworten konnte, und so sah ich traurig und entmutigt dem Sterben meines langjährigen Freundes zu.

Wild züngelnde Flammen tauchten den gesamten Park in ein unheimliches, rötliches Licht. Das Feuer, das die Arbeiter entzündet hatten, diente der Entsorgung unserer leiblichen Reste. Und so wurden die Äste der Birke achtlos mit einer Kettensäge vom Stamm abgetrennt und rücksichtslos in die funkensprühenden Flammen geworfen. Obwohl jede einzelne meiner Fasern sich von diesem schrecklichen Schauspiel abwenden wollte, starrte ich gebannt auf diese Szenerie von Ungerechtig- und Grausamkeit. Ich konnte nicht anders.

Ich wusste, dass mich in einigen Stunden das gleiche Schicksal erwartete, und so wollte ich wenigstens versuchen, einen Sinn aus dem Tod meiner gesamten Lebensgemeinschaft, meiner Familie ziehen. Doch egal wie lange ich diesen blau gekleideten Menschen bei ihrem grausamen Handeln zusah, ich konnte keinen finden. Dann betrat ein Mann den Park, der sich aufgrund seiner Kleidung grundsätzlich von den anderen abhob. Er trug keine blaue Hose, keine blaue Jacke, sondern einen feinen, schwarzen Anzug und Krawatte. Unter seinen Armen trug er mehrere Papierrollen mit denen er sich nun zu den anderen Menschen gesellte. Er legte die Rollen auf den noch harzblutenden Baumstamm meines Freundes der Birke, faltete sie auseinander und begann mit einem der Arbeiter diese zu begutachten. Ich verstand zwar nicht was sie wollten, doch ich spürte, wie ich mich von meinen Ängsten, Hoffnungen und Freuden loszulösen begann und sich eine Art Erkenntnis in mir ausbreitete, die dem bevorstehenden Schmerz entgegenwirken sollte. *‚Der Stärkere gewinnt'*, dachte ich. Doch ich merkte, dass dies nicht ganz zutraf und so verbesserte ich mich in meinem Gedankengang: *‚der Dümmere gewinnt …'*

„Wie bitte???", schrie Marie auf, sodass es durch die gesamte Wohnung schallte. Fassungslos starrte sie auf das kleine Radio, aus dem soeben die Kurznachrichten erklangen. Ihre Gedanken begannen sich zu überschlagen. Sie rannte zum Telefon und wählte die Nummer meiner Mutter. Sie musste jedoch mehrere Male die Zahlen eingeben, da ihre zitternden Finger immer wieder auf die falschen Tasten drückten. Dann hatte sie meine Mutter in der Leitung.

„Sie roden den Park! Sie haben bereits begonnen!", schrie Marie in den Hörer und brach dann in der Küche, den Hörer immer noch in den Händen, zusammen. Es dauerte nur wenige Minuten bis an unserer Wohnungstür mehrere Stimmen zu vernehmen waren. Dann hörte man ein leises Klicken im Türschloss bevor die Tür schließlich aufsprang. Aufgeregt stürzte meine Mutter in die Küche, wo Marie noch immer am Boden lag. Das Telefon lag zerschmettert am Boden.

„Vielen Dank! Schicken Sie mir die Rechnung!", rief meine Mutter dem Mann vom Schlüsseldienst zu, der verdutzt im Flur stand und zu den beiden Frauen hinüberstarrte.

„Brauchen Sie Hilfe?", erkundigte er sich, doch meine Mutter verneinte auf möglichst freundliche Art.

„Nein, vielen Dank! Sie ist schwanger, da sind Ohnmachten nicht selten", versuchte sie den Mann zu überzeugen und ihn so zum Verlassen der Wohnung zu bewegen.

„Na schön, wie Sie wollen. Dann wünsche ich Ihnen noch einen angenehmen Tag!“, sprach er, bevor er sich auf dem Absatz umdrehte und ging.

„Marie, mein Schatz, komm wieder zu dir!“, sprach meine Mutter und tätschelte ihr vorsichtig die Wangen. „Marie!“ Langsam hob Marie ihre Augenlider und ließ den Blick durch die Küche schweifen.

„Marie, ich bin es. Erkennst du mich?“, fragte meine Mutter. Doch eigentlich war diese Frage überflüssig, denn sie konnte in den Augen Maries ablesen, wie die gesamte Wucht der Realität wieder auf sie hereinbrach.

„Sie haben bereits begonnen die Bäume zu fällen!“, wiederholte sie mit zitternder Stimme die Information, die sie kürzlich erfahren hatte und starrte vor sich ins Leere. „Sie haben bereits begonnen …“

Obwohl meine Mutter spürte wie die Worte Maries sie selbst in größte Panik zu versetzen drohten, versuchte sie ihre Schwiegertochter dennoch zu beruhigen. „Da haben sie die Rechnung aber ohne uns beide gemacht!“, sprach sie und half Marie wieder auf die Beine. Doch diese knickten immer wieder unter ihrem Gewicht ein.

„Nein, es hat alles keinen Sinn mehr. Sie werden ihn fällen und damit meinen Mann umbringen. Wir haben verloren …“, sprach Marie hoffnungslos vor sich hinblickend. Meine Mutter war, seit ich mich erinnern kann, eine Kämpfernatur, und so entgegnete sie Marie forsch: „Wir werden nicht aufgeben, Marie! Er braucht uns jetzt mehr als jemals zuvor. Wir werden ihn nicht hängen lassen! Steh auf und zieh dich warm an, denn wir haben für die Gerechtigkeit zu kämpfen!“, herrschte sie Marie an, die sich aufgrund des harten Tonfalls meiner Mutter wieder zusammenriss. „Du hast recht …“, entgegnete sie ihr. „Es tut mir so leid …“ Tränen stiegen ihr in die Augen.

„Dafür haben wir später noch genügend Zeit. Jetzt müssen wir in den Park!“, drängte meine Mutter. Mit wackeligen Beinen legte sich Marie eine dicke Winterjacke um. Beim Verlassen unserer Wohnung warf meine Mutter einen kurzen Blick in unser Schlafzimmer. Mein menschliches Ich lag im Bett, schlief und warf sich unruhig hin und her.

Die Männer kamen immer näher. Ihre Arbeit ging zügig voran. Holzspäne flogen durch die Luft, während das Holz meiner Lebensgefährten dem Eindringen der scharfen Sägeketten laut knirschend nachgab. Ich wusste, dass meine Zeit nun gekommen war, und begann zuerst unbewusst, dann immer bewusster Abschied von meinem hiesigen Leben und meiner Umgebung zu nehmen. Es regnete noch immer in Strömen und dichter Nebel lag auf dem Park, so als hätte sich die Natur auf unsere Seite gestellt und versucht, den Arbeitern ihr Tun zumindest teilweise zu erschweren.

In meinem Geiste sah ich all jene Momente, die meine Existenz als Baum kennzeichneten. Der heiße Nachmittag im Sommer, als sich die hübsche Frau in ihrem tiefblauen Sommerkleid und mein zweites Ich das erste Mal unter meinen Ästen geküsst hatten, an die ersten Schneeflocken, die sich auf meinen Zweigen niedergelassen hatten, an den ersten Besuch meiner Mutter. Ich verstand nicht, warum ich sterben sollte, warum ich von den Menschen gezwungen wurde diese Welt für immer zu verlassen. Ich konnte mich nicht erinnern, jemals einem von ihnen in irgendeiner Art Leid zugefügt zu haben. Doch vielleicht muss man dies in dieser Welt überhaupt nicht. Vielleicht waren meine Freunde und ich für sie seit Langem ein Dorn im Auge gewesen, obwohl wir nie jemandem geschadet hatten. ‚*Doch warum?*', fragte ich mich insgeheim, als die aufkommende Luft die Flammen des Feuers, die die Überreste meiner Freunde verschlang, wild umherzüngeln ließ. ‚*Weshalb dürfen sie über uns richten? Wer gibt ihnen dieses Recht? Stehen sie über uns? Dürfen sie über Leben und Tod entscheiden?*' Doch eigentlich waren diese Fragen sinnlos, denn die Antwort lag in Aschehäufchen vor meinen Wurzeln. Und so konnte ich nichts anderes tun als die Menschen bei ihrem Treiben zu beobachten und die Sekunden zu zählen, bis auch mir die Verbindung mit der Erde und dem Boden, der mir seit Jahrzehnten Halt und Kraft gespendet hatte, gewaltsam gekappt werden würde.

„Langsam, Marie, langsam!“, rief meine Mutter ihrer Schwiegertochter nach, als diese die Treppen unserer Wohnung hinunter rannte, wobei sie sich den durch die Schwangerschaft bereits deutlich angeschwollenen Bauch hielt.

„Es bringt nichts, wenn du und euer Kleines auch noch von uns geht!“, wurde sie von meiner Mutter ermahnt. Doch als Antwort erhielt sie nur einen bösen Blick von Marie.

„Komm, ich helfe dir!“, versuchte meine Mutter die Situation zu entschärfen und griff ihr unter die Arme. „Jetzt aber etwas vorsichtiger! Du trägst auch die Verantwortung über das Leben, das in dir wächst. Ich glaube nicht, dass dein Mann wollen würde, dass du die Gesundheit eures gemeinsamen Kindes aufs Spiel setzt …“ Tränen stiegen in die bereits geröteten und geschwollenen Augen Maries. Sie war kurz davor erneut zusammenzubrechen.

„Komm, zusammen schaffen wir das!“, versuchte meine Mutter Marie zu ermutigen, während sie sie in Richtung ihres Wagens zog. Marie antwortete nicht. Dicke Tränen rannen ihr über das Gesicht, während ihre Augen apathisch ins Leere starrten. Vorsichtig setzte meine Mutter Marie auf den Beifahrersitz, legte ihr den Gurt um ihren runden Bauch und schnallte sich dann selbst auf der Fahrerseite an.

„Dann wollen wir mal!“, meinte sie und gab Vollgas in Richtung Nachbarstadt. Als Marie erst nach mehreren Minuten bemerkte, dass sie in die entgegengesetzte Richtung des Parks und ihres Ehemannes fuhren, fragte sie meine Mutter entsetzt, wo diese denn hinwolle. Daraufhin lächelte meine Mutter verschwörerisch.

„Das habe ich mal in einer Broschüre von einer Organisation der Umweltschützer gesehen. Scheint zu funktionieren, also tun wir es ihnen gleich!“. Verdutzt sah Marie sie von der Seite an.

„Keine Angst, du wirst schon sehen!“, fuhr meine Mutter verschmitzt fort und zwinkerte ihr dabei zu. Es war noch früh am Morgen, und so war es ein Leichtes, eine Parklücke vor dem großen Baumarkt zu finden. Doch meiner Mutter war dies egal. Sie stellte ihren Wagen kurzerhand vor die große Drehtür, die unnachlässig ihre Runden drehte. Die Kassiererinnen sahen erschrocken auf, als die beiden Frauen das Geschäft stürmten. Meine Mutter eilte voraus, bewaffnet mit einem Einkaufswagen, und war gewillt, jeden damit umzufahren, der sich ihr in den Weg zu stellen gedachte. Marie folgte ihr im Laufschritt ihr und hielt sich mit beiden Händen ihren runden Bauch.

„Wo sind die Ketten?", fragte meine Mutter eine der Kassiererinnen, die beide noch immer mit offenem Mund anstarrte.

„Ketten? Welche Ketten?", stammelte diese verwirrt.

„Dicke Ketten, Stahlketten ..."

„Ach so ... Stahlketten suchen Sie", reagierte die Angesprochene auf einmal verständnisvoll und ausgesprochen hilfsbereit, „die liegen hinten beim Baumaterial. Aber ich weiß nicht ob Sie kräftig genug sind sie vom Regal zu heben. Am besten, Sie fragen einen meiner Kollegen, der wird Ihnen ..." „Besten Dank!", fiel meine Mutter ihr ins Wort und hechtete samt Einkaufswagen und schwangerer Marie durch die Gänge der weiten Halle.

„Ist dieser Baumarkt schon immer so groß gewesen???", fragte meine Mutter an sich selbst gerichtet, als sie die ersten zwei Drittel des Geschäfts zurückgelegt hatten. Dann endlich waren sie am hintersten Teil des Marktes angelangt. Die Ketten lagen direkt auf Augenhöhe meiner Mutter. Sie krempelte sich rasch die Ärmel ihres Pullovers hoch, griff mit beiden Händen nach zwei dieser Ketten und ließ sie laut rasselnd in den Einkaufswagen fallen.

„Das hätten wir! Und nun wieder den ganzen Weg zurück!", befahl sie Marie, die nun beide Hände in die Seiten stemmte. „Geht's?", fragte meine Mutter besorgt.

„Ja, ja, kein Problem, halt nur etwas anstrengend ...", antwortete Marie und versuchte zu lächeln. Dann rannten beide mit lautem Gerassel wieder in Richtung der Kassen.

„Wir haben es eilig, bitte machen Sie schnell!", bat meine Mutter die Kassiererin, die die beiden erneut mit großen Augen ansah.

„Na los! Es geht um Leben und Tod!!!", fuhr meine Mutter sie an. Zu gerne wäre ich in diesem Moment zugegen gewesen, denn noch nie zuvor habe ich erlebt, dass meine Mutter die Stimme erhob, nicht bei meinem Vater, nicht bei mir und schon gar nicht bei einer Angestellten eines Baumarktes. Es war eben eine Ausnahmesituation nicht nur für mich selbst, sondern auch für die beiden Frauen, die um mein Leben kämpften.

„Leg sie nicht zu eng um!“, ermahnte meine Mutter Marie, „euer Kind soll noch genügend Platz da drinnen haben, um sich bewegen zu können!“, fuhr sie fort und zeigte auf Maries Bauch. Die Ketten, die sie soeben im Baumarkt gekauft hatten, fielen mit leisem Klicken ins Schloss und schützten mich vor dem sicheren Tod.

„Was machen wir mit dem Schlüssel?“, fragte Marie meine Mutter und blickte auf das kleine gezackte Stück Metall, das in der Mulde ihrer Hand lag. „Sollen wir ihn verschlucken?“

„Auf gar keinen Fall, mein Enkel wird doch kein Metall zum Frühstück bekommen!“, entgegnete meine Mutter ihr. „Gib ihn mir! Ich verstecke ihn dort, wo niemand es wagen wird ihn zu suchen!“

Sie steckte ihn in die Hosentasche, zusammen mit dem Schlüssel des Schlosses ihrer eigenen Kette. So standen die beiden Frauen fest mit dem Rücken an meinem Stamm gelehnt, mir ganz nah, und kämpften um mein Überleben. Ich spürte, wie ihr Kampfgeist und ihr fester Wille, für mich und mein Überleben zu kämpfen, mir Kraft und Hoffnung gaben. Doch nur für einen kurzen Moment. Als ich die Männer in Blau, bewaffnet mit ihren Werkzeugen des Todes, auf uns zukommen sah, schwand diese Zuversicht blitzartig.

Die Männer staunten nicht schlecht, als sie die beiden Frauen sahen, angekettet an diesen harmlosen Apfelbaum.

„Sie dir die beiden dort an!“, rief einer der Arbeiter seinen Kollegen lachend zu. „Die sind wohl von einer dieser nervigen Umweltorganisationen!“

Der andere Arbeiter, der neben ihm herging, verdrehte nur die Augen und war offensichtlich von dem Anblick der beiden Frauen genervt. „Auch das noch! Das hat uns gerade noch gefehlt!“

„Nur Mut!“, flüsterte meine Mutter Marie zu, die so dicht neben ihr stand, dass die Schultern beider Frauen sich berührten. „Sie können ihn nicht fällen, ohne uns zu zersägen!“ Sie erhielt keine Antwort, doch sie spürte, wie Marie neben ihr in sich zusammenzusacken schien. „Marie! Kämpfe! Um meinen Sohn, deinen Ehemann, für dich, für eure Familie! Komm schon!“, versuchte sie Marie zu ermutigen.

„Guten Tag, die Damen!“, begrüßte der älteste der Bauarbeiter die beiden Frauen.

Doch er erhielt keine Antwort.

„Na, was soll das hier denn werden?“, fragte er sie und betrachtete argwöhnisch die Ketten, mit denen die Frauen sich an den Baum gekettet hatten.

„Das wüssten wir auch gerne!“, fauchte meine Mutter ihn an. Der Arbeiter seufzte. „Aber Sie wissen doch was wir hier machen! Hier wird eine Wohnsiedlung entstehen, damit junge Menschen wie das Fräulein dort einen Platz zum Wohnen haben!“, versuchte er den beiden zu erklären, während er mit seiner Hand auf Marie zeigte.

„Glauben Sie es macht mir Spaß diese Bäume hier zu fällen?“, wandte er sich an meine Mutter.

„Ja, diesen Eindruck könnte man tatsächlich bekommen!“, entgegnete Marie aggressiv, und meine Mutter musste, so dicht an ihr stehend, lächeln. Sie hatte ihre alte Marie wieder zurück, die Frau, die kämpfen konnte, die Frau, ohne die sie den Kampf um ihren Sohn nie gewinnen könnte. Der Arbeiter seufzte übertrieben laut. „Wo sollen, ihrer Meinung nach, diese Menschen denn hin?“ Meine Mutter schnappte nach Luft. „Tun Sie bloß nicht so, als würden Sie sich um die Menschen sorgen, die hier ihre Appartements beziehen würden. Ihnen geht es doch nur ums Geschäft! Geld wollen Sie hier verdienen, den großen Profit machen. Glauben Sie ja nicht, Sie könnten uns mit ihrer gespielten Fürsorge um ihre Mitmenschen überzeugen! Lassen Sie diese Bäume in Ruhe, die haben niemandem etwas zuleide getan! Nehmen Sie sich Gegner, die sich wehren können, und nicht die friedvollsten Geschöpfe dieser Erde!“

Der Mann in blauer Latzhose starrte meine Mutter verständnislos an. „Was soll das? Was liegt Ihnen denn so an diesen Bäumen? Es ist Holz! Nicht mehr und nicht weniger. Mit ein paar Würmern und klebrigem Harz, dass ich die nächsten Tage nicht von meinen Fingern abbekommen werde. Sie werden abgemacht, die Rinde kommt ab, und dann wird das Holz weiterverarbeitet, wenn Sie das beruhigen sollte. Wir lassen es nicht irgendwo faulen. Nein, so sind wir nicht. Wir achten darauf, dass das Holz sinnvoll eingesetzt wird. Sie haben doch auch bestimmt Schränke bei sich zu Hause stehen oder etwa nicht?“, fragte er an meine Mutter gewandt, die sich mit angeekeltem Gesicht von ihm abwand.

„Wann werden Menschen wie Sie jemals verstehen?“, seufzte sie. Marie hatte die Augen geschlossen. Ihre Kräfte schienen sie erneut zu verlassen, denn sie hing nur noch in den Ketten, die sie fest an das Leben ihres Mannes band, so als würde der Baum Marie stützen, für den sie hier stand und kämpfen wollte. Sie gaben sich gegenseitig Halt. Doch sie war nicht ohnmächtig geworden, wie ihre Schwiegermutter annahm. Sie wollte nur dem grässlichen Motorlärm, dem beißenden Qualm von Motorsägen und Feuer entfliehen, und so hatte sie die einzige Fluchtmöglichkeit genutzt, die ihr in jenem Moment zu Verfügung stand, sie hatte die Augen geschlossen.

Kaum verdunkelte sich die Welt um sie, da spürte sie mich, den Baum, für den zu kämpfen sie heute hierhergekommen war. Sie spürte die Fasern meines Holzes, dessen Einkerbungen sich sanft an ihren Rücken drückten. Und sie roch mich, den Duft meines Holzes, mit dem ich sie umhüllte, und sie war mir nah, so nah wie nie zuvor. Ich konnte sie spüren, als hätten sich unsere Geister durch diesen physischen Kontakt vom Körper gelöst, um im freien Raum miteinander zu verschmelzen. Ich liebte diese Frau, deren zierlicher Rücken sich gegen meinen Stamm presste. Inmitten dieser schrecklichen Gräueltaten durfte ich den schönsten und intensivsten Moment meines Lebens erleben. Wären meine Freunde nicht gestorben, wäre ich einem Menschen wie Marie nie so nahegekommen. Dass auch ich bald sterben sollte, daran dachte ich in jenem Moment nicht. Ich war mit Marie zu einer Einheit verschmolzen, wir waren eins geworden und ich wusste, dass ich nichts mehr zu befürchten hatte, sollte nun dennoch der Moment meines Todes gekommen sein. Das schönste Geschenk, das man mir machen konnte, hatte ich soeben erhalten.
„Meinetwegen können Sie sich noch mehrere Ketten umlegen, dieser Baum wird abgemacht, genauso wie all die anderen hier, und damit basta!“, fuhr der Arbeiter weiter, drehte sich dann um und ließ die beiden Frauen wieder allein.

Verwirrt öffnete Marie die Augen und starrte den Mann an, der ihr soeben erklärt hatte, dass ihr Ehemann sterben würde.

„Ihr werdet uns noch kennenlernen!“, zischte meine Mutter ihm leise hinterher. Ihre Augen blitzten vor Wut. Sie war fest entschlossen, mit allen Mitteln um das Leben ihres Sohnes zu kämpfen.

Ich spürte die Finger meiner Mutter, die über meinen Stamm glitten, ihre Fingerkuppen, die sich an den Kerben meines Holzes festklammerten, und die Hitze, die ihr Körper auf mich übertrug. Ich war überrascht und sogleich stolz auf sie, dass sie sich derart für mich einsetzte. Obwohl ich oft alleine hier stand und nur selten Besuch von Menschen erhalten hatte, schien es doch einige unter ihnen zu geben, denen ich etwas bedeutete. War es Stolz, den ich in jenem Moment empfand? Ich bin mir nicht sicher. Doch es fühlte sich gut an, wirklich gut.

Es war ein unruhiger Traum, der mich über die Breite des ganzen Bettes trieb. Ich drehte und wälzte mich umher, doch ich konnte mich nicht von dem gefühlten Druck befreien. Die Decke klebte an meinen Beinen und mir war, als könne ich kaum noch atmen. Mein Puls raste, ich war hellwach, aber ich konnte meine Augen nicht öffnen. Sie blieben geschlossen, alles war schwarz, und so hatte ich keine andere Wahl, als wieder in die schreckliche Welt zurückzukehren, aus der ich erfolglos zu fliehen versuchte.

„Sägen Sie uns doch samt Stamm durch, auf zwei, genauer gesagt, drei Leben mehr kommt es Ihnen doch sowieso nicht an!", schrie meine Mutter den Arbeiter ungehalten an, der nun mit einem weiteren Mann in Blau vor ihnen stand.

„Bring mir einen Bolzenschneider, los!", befahl dieser seinem Kollegen, der verdutzt neben ihm stand und die ganze Szene verständnislos betrachtete.

„Na los, wird's bald!", wiederholte er seinen Befehl, woraufhin sich der Kollege nur mühevoll von dieser Szene losreißen konnte. Marie sah meine Mutter ängstlich von der Seite an. Sie konnte deutlich erkennen, dass auch meine Mutter nicht an die Existenz eines solchen Werkzeuges gedacht hatte, welches ihrem Kampf um mein Überleben jederzeit ein jähes Ende bereiten konnte. Als der Kollege mit dem besagten Instrument zurückkehrte, begann meine Mutter hysterisch zu schreien.

„Sie denken, Sie fällen nur einige Bäume, doch Sie bringen Menschen um, Sie zerstören Leben! Sie sind sich dessen noch nicht bewusst, doch Sie bringen sich selbst um!"

Der Arbeiter setzte jedoch unbeirrt seine Arbeit fort. Er nahm den Bolzenschneider und wandte sich der Rückseite meines Stammes zu, dort, wo meine Mutter und Marie die Kette nicht beschützen konnten. Sie konnten sich nicht wehren, als dieser die beiden harten, schweren Schneidmesser zusammendrückte. Ein lautes Knacken war zu hören. Meine Mutter sah verdutzt auf ihre Füße, als die Kette, die sie noch vor wenigen Sekunden an ihren Sohn gebunden hatte, zu Boden fiel.

„Damit werden Sie nicht durchkommen! Ich lasse nicht zu, dass Sie ihn umbringen!", fuhr sie den Arbeiter hysterisch an. Dieser ignorierte sie jedoch stur und begann seine Arbeit an Maries Ketten fortzusetzen. Meine Mutter rannte auf ihn zu, warf sich mit ihrem gesamten Gewicht gegen ihn, wobei beide hart zu Boden fielen.

„Wenn Sie sich weiter gegen uns stellen, rufe ich die Polizei!", drohte der Arbeiter meiner Mutter. „Wir haben die Aufgabe, diesen Park zu räumen, und das werden wir auch tun!", schrie er, während er versuchte, wieder auf die Füße zu kommen. Doch meine Mutter blieb hartnäckig. Immer wieder versetzte sie ihm einen Stoß, rannte mit ihren Füßen, ja biss ihn sogar in die Hand. Marie stand noch immer angekettet am Baum und sah den beiden schockiert zu.

„Hier!", schrie der Arbeiter seinem Kollegen zu und warf den Bolzenschneider in dessen Richtung. „Schneid du die andere los, ich versuche mit dieser hier klarzukommen!"

Sein Kollege hob rasch das schwere Werkzeug vom Boden und begann, Maries Kette zu durchtrennen, während sie wild hin und her zappelte und versuchte es meiner Mutter gleichzutun, indem sie um sich trat. Doch dann war ein zweites Knacken zu hören und auch Maries Kette fiel zu Boden. Marie versuchte zu kämpfen, doch sie war viel leichter und zierlicher als meine Mutter, und so war es für den Kollegen ein Leichtes, sie vom Boden hochzuheben und sie wie ein überflüssiges Möbelstück fortzutragen. Marie sah entsetzt zu meiner Mutter und dem Baum, für den sie ihr Leben geben wollte, bevor sie in einem kleinen Bauwagen hart abgesetzt wurde und hörte, wie dessen Tür von außen abgesperrt wurde. Es war das letzte Mal, dass ich sie sah.

Aber meine Mutter kämpfte weiter. Sie rannte, spuckte um sich und schrie wie eine Furie. Doch auch sie wurde nicht mit den fünf Arbeitern fertig, die nun ihren Arbeitskollegen zu Hilfe eilten. Der Stärkste von ihnen hielt sie am Oberkörper fest, während man sie mit reißfestem Klebeband knebelte. Und so lag sie gekrümmt am Boden, nur wenige Meter von mir entfernt, und musste zusehen, wie die Motorsäge erneut angeworfen wurde, wie der Arbeiter seine Schutzbrille aufsetzte, die Maschine in die Hände nahm, sich das wild rotierende Sägeblatt meinem Stamm näherte und schließlich die Späne nur so flogen, als er mir ins Fleisch schnitt. Ihre Augen füllten sich mit Tränen, während sie mit aller Kraft meinen Namen schrie.

Es war nicht so schlimm, wie ich es mir immer vorgestellt hatte. Es ging relativ schnell. Nur kurz verspürte ich einen brennenden Schmerz, dann fühlte ich, wie mein gesamtes Ich aus dem Gleichgewicht geriet. Es war ein komisches Gefühl, denn bislang hatte ich erhobenen Hauptes allen Winden und Stürmen getrotzt. Doch nun begann ich zu schwanken und meine Blätter raschelten unter dieser ungewohnten und unfreiwilligen Bewegung. Dann krachte es laut. Ich sah mich noch ein letztes Mal um, sah den Bauwagen, in dem Marie tobte, meine Mutter, die mit weit aufgerissenen Augen zu mir aufsah, und das Feuer, in dem die Überreste meiner Freunde loderten.

Dann wurde alles schwarz.

Nun, lieber Leser, kennen Sie den Grund meines frühen Ablebens, da Sie meine Geschichte kennen. Draußen ist es bereits Nacht, die Sonne ist untergegangen, und bald wird auch das Licht meines Lebens erloschen sein. Dennoch bin ich froh, dass ich leben durfte und könnte nicht sagen, welches meiner beiden Leben schöner war. Ob Mensch oder Baum und wen ich mehr beneide, kann ich nicht mit endgültiger Gewissheit sagen. Doch habe ich im Laufe der Jahre, die ich hier verbringen durfte, die Erfahrung gemacht, dass der Mensch dazu neigt, sich über andere Lebewesen hinwegzusetzen, sie kontrollieren möchte und sie für seine eigenen Pläne einsetzen und benutzen will. Als ob er nicht Teil der Natur wäre wie alle anderen Lebewesen. Ob dies gut oder schlecht ist, vermag ich hier nicht zu entscheiden. Dazu fehlt mir der Mut, denn damit würde auch ich über andere richten, was mir nicht zusteht.

So überlasse ich Ihnen, lieber Leser, diese Frage, damit sie nicht etwa eine Antwort darauf finden, sondern dass Sie sich einfach für einen kurzen Moment, vielleicht sogar für nur einige Sekunden, diese Frage durch den Kopf gehen lassen. Mehr will ich nicht, mehr kann ich nicht. Ich spüre, wie meine Kräfte mich verlassen und meine Augen trüb werden. Mein menschliches Schicksal folgt dem meines Baumes, der Natur, mit der nicht nur ich, sondern wir alle fest verbunden sind. Dennoch bin ich niemandem böse, denn der Tod gehört zum Leben, nicht wahr? Vielleicht bekommt mein Sterben sogar einen Sinn, vielleicht ist das Holz meines Baumes jemandem von Nutzen … Vielleicht schreiben ja Sie, lieber Leser, sogar schon in den nächsten Tag auf einem Blatt Papier, das mithilfe meiner Holzfasern hergestellt wurde? Vielleicht halten Sie bereits jenes Blatt Papier in ihren Händen?

Niemand kann den Grund seines eigenen Ablebens verstehen. Doch vielleicht, wenn das Schicksal es so will, wird eines Tages jener Bauarbeiter, der mich gefällt hat, jener Architekt, der die Wohnsiedlung in meinem Lebensraum geplant hat, diese Geschichte lesen und sein Handeln infrage stellen. Vielleicht aber auch nicht.

Ich bedanke mich bei Ihnen für die Zeit, die sie mir geschenkt haben.

Ihr stummer Freund und Begleiter.

Epilog

Die ersten Sonnenstrahlen des Jahres fielen durch die noch kahlen Äste der Bäume, die dem Winter auf ein Neues mutig getrotzt hatten. Eine junge Frau ging die Straße entlang, an der mehrere neu erbaute Häuser standen. Ihre Hand hielt ein kleiner Junge, eingehüllt in eine dicke Jacke, fröhlich von einem Fuß auf den anderen hüpfend. Dann blieben beide plötzlich stehen und blickten auf eines der Häuser. Die Mutter legte den Arm um ihren Sohn und drückte ihn fest an sich. Stumm standen beide nebeneinander auf dem Gehweg und sahen auf das Haus, als sich plötzlich dessen Tür öffnete und ein kleines Mädchen, im gleichen Alter des Jungen, der dort mit seiner Mutter stand, die Treppen hinunterhüpfte. Es sah Mutter und Sohn, runzelte die Stirn bei deren Anblick, erinnerte sich dann aber wieder an sein Vorhaben. Es führte seinen Weg auf den Spielplatz fort, der sich am anderen Ende der Straße befand. Mehrere Kinder schienen in diesen Häusern zu wohnen, denn in den Gärten lagen unzählige Bälle, Dreiräder und Puppen. Das Leben war weitergegangen, und neues Leben war hier entstanden.

„Komm!“, sprach die Mutter zu ihrem Sohn, küsste ihn und führte ihn, Hand in Hand, weiter die Straße entlang.

Ende

Danksagung

Größter Dank gebührt meinen Eltern sowie meiner Schwester, die mir in jeder Lebenslage zur Seite stehen und mir immer wieder den Mut und die Kraft geben, meinen Weg fortzusetzen. Sie haben mich zu dem Menschen gemacht, der ich heute bin.

Danke auch an bestimmte Freunde, die mich und meine Geschichte durch konstruktive Kritik bereichert und mich mit ihrer emotionalen Unterstützung begleitet haben. Ebenso danke ich einem ganz besonderen Freund, der mir mit den Bildern in meiner Geschichte sehr geholfen hat.

Bedanken möchte ich mich auch bei einer mir bislang unbekannten, jedoch gefühlt nahen Freundin, die für mich die wundervolle Collage zu meinem Buch gestaltet hat. Es war mir eine Ehre, diese meinem Buch hinzufügen zu dürfen.

Kurz und knapp bedanke ich mich bei euch allen, dass es euch gibt!

Schlussendlich bin ich dankbar für die unendlich große Kraft, die uns und unsere Welt erschaffen hat und die uns überall und zu jeder Zeit umgibt.

Sie zeigt uns unentwegt, wie wunderbar das Leben ist, wenn wir bereit sind, uns darauf einzulassen, indem wir sehen und fühlen – mit Respekt und Achtsamkeit.

Linda Weis

Bilderverzeichnis

Die Autorin

Linda Weis, 1982 in Luxemburg geboren, hat eine Faszination für die Welt und das Leben, seit sie denken kann. Aus diesem Grund hinterfragte sie bereits als ganz junger Mensch sehr viel und suchte nach einem tieferen Sinn. Dieser Wissensdurst führte die Autorin zu ihrem Psychologiestudium; vier Jahre lang hatte sie eine eigene psychologische Praxis. Mit ihren Geschichten möchte sie den Lesern die Möglichkeit bieten, das Leben und die Welt aus neuen Perspektiven zu betrachten.